PETITS CHEFS-D'ŒUVRE

DES

ÉCRIVAINS DU JOUR

Par

J. Aicard, E. d'Auriac, T. Berryer, H. de Bornier,
A. Bouvier, Champfleury,
J. Claretie, P. Déroulède, A. Dumas, A. des Essarts, V. Fournel,
A. Franklin, E. Gonzalès, A. et H. Houssaye,
Lefeuve de Lescure, E. Loudun, E. Manuel, X. Marmier,
Mézières, X. de Montépin,
P. de Musset, R. de Navery, A. de Pontmartin, A. Scholl,
Anaïs Segalas, Sully-Prudhomme, O. Uzanne, P. Véron,
P. Zaccone.

TOME SECOND

PARIS
A. GHIO, LIBRAIRE-ÉDITEUR
GALERIE D'ORLÉANS, 1, 3, 5 ET 7

1880

PETITS CHEFS-D'ŒUVRE

DES

ÉCRIVAINS DU JOUR

PETITS CHEFS-D'ŒUVRE

DES

ÉCRIVAINS DU JOUR

Par

J. Aicard, E. d'Auriac, T. Berrier, H. de Bornier,
A. Bouvier, Champfleury,
J. Claretie, P. Déroulède, A. Dumas, A. des Essarts, V. Fournel,
A. Franklin, E. Gonzalès, A. et H. Houssaye,
Lefeuve, de Lescure, E. Loudun, E. Manuel, X. Marmier,
Mézières, X. de Montépin,
P. de Musset, R. de Navery, A. de Pontmartin, A. Scholl,
Anaïs Ségalas, Sully-Prudhomme, O. Uzanne, P. Véron,
P. Zaccone.

TOME SECOND

PARIS

A. GHIO, LIBRAIRE-ÉDITEUR

GALERIE D'ORLÉANS, 1, 3, 5 ET 7

1880

PETITS

CHEFS-D'ŒUVRE

DES ÉCRIVAINS DU JOUR

LA FILLE DE Mme DE GANGES

La belle M^{ise} de Ganges n'était encore que
la toute jeune femme du Mis de Castellane,
petit-fils du duc de Villars, quand elle éblouissait
la cour ; en ce temps-là elle dansait dans les bal-
lets du jeune Louis XIV, et Mignard fixait sur la
toile ses admirables traits dans leur fraîcheur. Un
autre portrait d'elle figure encore à l'Hôpital-Général
de Montpellier, en reconnaissance de ses libéralités.
Cette beauté célèbre avait, par exception, de l'esprit ; la sagesse, qui plus est, ne lui manquait pas,

1

puisqu'elle n'a jamais trahi ses devoirs d'épouse et
que les libertés d'un court veuvage l'ont encore
moins égarée que ramenée volontairement sous le
joug. Tant de qualités, qui devaient lui porter
bonheur, ont, au contraire, contribué à la faire veuve
dès l'âge de dix-huit ans et à rendre son second
mariage plus malheureux encore que le premier,
puisqu'il a entraîné sa mort, affreusement tragique.
Avant toute autre province, le Languedoc s'en émut,
et surtout Montpellier, où nous retrouvons l'ancien
hôtel de Vissec de Ganges, près du Palais, avec une
porte nouvelle sur la rue Nationale. Bien qu'empoi-
sonnée et poignardée au château de Ganges, le 16 mai
1667, la marquise n'en était morte que le mois suivant,
chez sa mère, dans cette seconde ville du Languedoc, à huit lieues du théâtre de l'abominable crime.
Deux de ses assassins, l'un chevalier, l'autre abbé,
s'étaient vengés personnellement de ses rigueurs,
tout en agissant à l'instigation de M. de Ganges,
leur propre frère, furieux de ce que sa femme l'a-
vait d'avance écarté de l'administration de sa riche
succession. Les deux frères s'étant enfuis, un autre
complice et le mari comparaissaient sans eux devant le parlement de Toulouse.

Cette cour a condamné par contumace les deux
frères du marquis à être rompus vifs. Comment

n'infligeait-elle à leur aîné que la dégradation nobi-
liaire, la confiscation de ses biens et le bannisse-
ment ? Louis XIV ne fut pas le dernier à critiquer
cette indulgence inattendue. Il regrettait évidem-
ment d'avoir honoré de sa protection ce Charles de
Vissec de la Tude, Mis de Ganges, B^{on} des Etats,
seigneur de Saint-Martial, Soubeyras, Cassillac et
autres lieux, qui avait été colonel d'un régiment
d'infanterie, gentilhomme ordinaire de la chambre
du roi et gouverneur de la citadelle de Saint-André
à Villeneuve-lès-Avignon. La baronnie de Ganges
n'avait été érigée en marquisat que depuis un
petit nombre d'années en faveur de ce personnage,
dont les ancêtres avaient rendu, il est vrai, des
services, visés surtout par ladite récompense.

D'autres motifs s'ajoutaient encore pour le monarque à ceux que tout le monde avait d'en vouloir de
ce crime à ses auteurs, c'est que la belle victime,
Diane de Joannis, fille de Gabriel de Joannis, seigneur de Rossan, et de Laure de Rousset de Saint-
Sauveur, était généralement regardée comme une
descendante de saint Louis, parente du roi régnant,
que ses charmes avaient frappé lui-même au temps
de ses premières amours.

Les malheurs de la M^{ise} de Ganges ont été
souvent racontés ; on les a adaptés jusqu'au théâtre ;

mais le roman lui-même a vainement essayé de les
rendre plus romanesques. Comme aucun procès fameux n'a recommandé à l'attention de la postérité
la fille de cette héroïne, on ne se souvient plus que
de la mère, on sait à peine qu'elle a laissé une fille ;
la vie de celle-ci, bien qu'elle ait eu aussi ses incidents, ses particularités, son intérêt, n'a guère dé-
frayé que les conversations de ses contemporains.
Parlons donc moins sommairement que nos devanciers de cette autre descendante de saint Louis, sauf
à nous abaisser un peu du ton du drame à celui de
l'anecdote, qui nous est imposé par le caractère des
documents à divulguer. Ces choses-là sont inexo-
rables ; elles exigent parfois que les extrêmes se
touchent, que la mélancolie sans forligner fraye
avec la bouffonnerie, et des transitions elles n'ont
aucun souci. La moindre monographie, biographie
ou chronique s'insurgerait en vain contre ce bon
plaisir de l'histoire.

Marie-Esprite de Ganges n'avait que cinq ans
quand elle perdit sa mère, martyre d'une vertu
conjugalement immarcescible, qu'elle se donna
néanmoins pour exemple. Son frère, né à Pézenas
en 1659, était l'aîné, prénommé Alexandre. Réserve
se trouvait faite de leurs droits inégaux, par voie de
substitution, dans le testament qui, de Mme de Gan-

ges, n'instituait légataire leur aïeule maternelle que
sous cette réserve ; une autre disposition y stipulait
que la terre, seigneurie et baronnie de Ganges, qui
donnait entrée aux Etats du Languedoc et qu'avait
apportée en mariage Jeanne de Saint-Etienne, B^{nne}
de Ganges, à Jean Pons de Vissec de la Tude
l'an 1629, passerait, en cas d'extinction des mâles
de la famille, au fils aîné de la fille de la testatrice.
Les biens du père, encore que confisqués, revinrent
aussi de seconde main au fils. Le roi les avait donnés à l'un de ses pages, autre frère du condamné,
qui en avait encore deux de plus dont nous n'avons
eu rien à dire, et ce Cte de Ganges se montra un
bon oncle en rendant spontanément tout à son neveu, dès qu'il fut en âge d'en jouir. Le jeune homme, page lui-même de la grande écurie, hérita donc
par anticipation, quoique indirectement, de son
père, auquel il succédait non-seulement comme
Mis de Ganges, B^{on} des Etats, mais encore comme
seigneur de Soubeyras et de Cassillac.

La douairière de Ganges, qui élevait l'orpheline,
la maria plus jeune encore que n'avait été mariée la
mère en premières noces. Le second époux de celle-
ci n'avait pas une année de plus qu'elle ; la grand'
mère s'en souvenait si bien, pour se méfier de l'égalité
d'âge en ménage, que la petite-fille épousait à

douze ans un ancien beau plus que septuagénaire,
qui était un 'peu son parent, Henri de Fay, B^on
de Vezenobre, Mis de Peyraud en Vivarais. Pour
une fiancée dite de maison royale, le barbon, quelque
noble qu'il fût, manquait encore de naissance ; par
bonheur il avait de grands biens, et la douairière
lui avait connu d'autres qualités, celles-là person-
nelles, qu'elle jugeait de mémoire fort capables de
convenir aux débuts de la petite. Il s'en fallait pourtant que l'amour eût seul porté le gentilhomme à
prendre femme si tardivement, comme s'il se croyait
encore sous Louis XIII ; le principal mobile de sa
renonciation longuement combattue au célibat avait
été la haine qu'il portait à son frère, qui devait
hériter de lui s'il ne survenait aucun enfant.

Ménage, par conséquent, des plus mal assortis !
Aussi les espérances que le nouvel époux a fondées
sur la lune de miel tombent-elles dans l'eau ; il ne
doute pas, qui pis est, que son frère ne soit le premier à en faire des gorges-chaudes. Comme la vieille
marquise, qui s'y connaît, lui a pronostiqué que la
jeune aurait beaucoup d'enfants, il ne désespère
pas pour elle d'une récolte si bien annoncée ; seulement il en voudrait précoce la première coupe.
Si d'un côté la plante ne donne jusqu'ici que ses
fleurs printanières, de l'autre, le jardinier com-

mence à craindre pour lui-même l'arrière-saison.

Il se plaindrait à tort que la mariée est trop belle
et trop jeune, puisqu'elle mène une conduite irréprochable ; mais, au point de vue de l'idée
dont il ne voudrait pas démordre, sa femme serait
jusqu'à trop sage. Ne dirait-on pas qu'à ce mari aucun expédient ne répugnera pour être père, s'il ne lui
suffit pas de payer de sa personne ? Eh bien, il n'y
a plus à en douter, car il se sent moins fier de la
fidélité de son épouse qu'il ne craint d'assouvir l'avi-
dité de son frère.

De sorte que M. de Peyraud ose mettre dans sa
confidence un page qui fait partie de sa maison et
qui est de bonne famille ; il ne lui cache ni le but
unique dans lequel il s'est marié, ni la difficulté où
il se trouve d'y atteindre sans le renfort d'un tiers,
ni que le seul ami de la maison de qui pareil service
soit acceptable est le dépositaire même de ce secret
qui ne doit plus être confié à personne. Le jouvenceau tremble d'abord qu'un autre secret, le sien, n'ait
été découvert, car il est déjà fort épris de la gente
dame, qu'il sert trop respectueusement pour lui en
avoir fait l'aveu : qui sait si le bonhomme ne tendrait
pas un piége à l'amoureux qu'il aurait deviné? L'ado-
lescent hésite prudemment et ne promet ensuite de
faire sa cour qu'afin de déférer à l'étrange désir de

son seigneur et maître, qui le met tout de suite en
état de ne pas regarder à la dépense pour paraître
avec avantage.

A la déclaration d'amour qu'ose enfin faire le
page, par ordre supérieur, il arrive néanmoins d'être
si mal reçue que la marquisette, justement indignée,
menace d'avertir le mari qui pourrait être son aïeul.
L'imberbe tentateur, si vivement éconduit, ne se tient
toutefois pas pour battu ; il gagne l'une des femmes
d'atours pour être introduit par surprise chez la
cruelle, qui n'a que le temps de se réfugier, tout
échevelée, dans l'appartement du vieillard auquel
elle doit fidélité. Le tuteur conjugal, sur lequel doit
compter la malheureuse, répond à ses plaintes qu'il
ne saurait les trouver plausibles, qu'il s'agit d'un enfant reconnu sage, n'ayant en conséquence rien qui
puisse le faire craindre et qu'en somme elle paraît
lui en vouloir à tort.

Malgré la défection, inexplicable pour elle, d'une
assistance qui devait légalement seconder sa vertu,
la digne fille de Mme de Ganges persiste à se défendre sévèrement des obsessions du jeune servant.
C'est en vain même qu'une nuit, pendant qu'elle
dort sous la protection de l'époux couché à côté
d'elle, cet infidèle gardien d'un honneur qui est surtout le sien, se lève tout doucement et fait mettre le

page à sa place; l'épouse, qui se réveille pendant la substitution, éclate en reproches contre une trahison que le principal coupable cherche à rendre pardonnable en lui en révélant le motif sérieux. La belle de rester intraitable, loin de se prêter à une combinaison qui reposerait sur sa faute. Force donc au seigneur, dans sa confusion trop méritée, de congédier le page, non moins penaud, avec une gratification, que tous les deux eussent voulue mieux acquise.

Malgré son dénoûment honnête, cette intrigue ne sent-elle pas le conte badin ? L'imagination n'est cependant pour rien dans le récit, que nous maintenons autant que possible entre la licence et la pruderie. Aussi bien le Mis de Peyraud semble avoir rougi de ses torts; il pourrait même en être mort de honte, vu qu'il a cessé de vivre peu de temps après l'attentat exceptionnel où sa femme l'avait pris en flagrant délit.

Le Mis de Fortia, seigneur d'Urban, co-seigneur de Caderousse, tenait néanmoins du défunt les détails intimes que nous venons de rapporter. Cet ami de M. de Peyraud avait commandé un bataillon de la marine française, puis avait été député près Louis XIV à titre de syndic de la noblesse du Comtat-Venaissin. Le secret d'alcôve dont il avait reçu la

confidence ne pouvait lui donner qu'une juste idée de
la sagesse de la jeune veuve, qui convolait en secondes noces, le 4 mai 1681, avec l'aîné de ses deux
fils, Paul de Fortia d'Urban. Seulement le frère de
la dame n'avait pas arrangé ce mariage sans tirer
son épingle du jeu ; il avait fait signer la veille même
à sa sœur, qui n'avait pas encore dix-neuf ans, une
renonciation en sa faveur aux successions paternelle et maternelle. Le cavalier de vingt-six ans
qu'elle épousait à ce prix venait de quitter l'armée
française de Catalogne, où il servait sous les ordres
de son oncle, qui fut plus tard gouverneur de Mont-
Louis. Les Fortia, originaires de l'Aragon et de la
Catalogne, s'étaient divisés en de nombreuses branches à Paris, en Touraine, en Provence, en Languedoc, dans le Comtat-Venaissin et encore ailleurs.
Le chef de celle d'Urban, seigneur d'Orthez en Languedoc, était né à Montpellier en 1477 ; il avait
épousé, en 1505, Françoise Vitali, noble romaine.
Or, cette dame fit entrer, pour ainsi dire, avec elle
dans la famille de hautes charges et dignités à Avignon, où son mari fut trésorier général de la légation et plusieurs de ses descendants viguiers.

Le Comtat-Venaissin, malgré l'arrêt du parlement
de Provence qui le réunissait en 1673 à la Couronne,
comme ancienne dépendance du comté de Provence,

annexé au royaume, avait été rendu au Saint-Siége,
qui recouvra encore cette légation sous le pontificat
d'Innocent XI, nonobstant pareille revendication.
Depuis même que le pape y exerçait des droits de
souveraineté, le Comtat, en tant que fief, relevait du
comté. Avignon ne se trouvait donc qu'à demi-
étranger à la France ; on y était plus libre de chan-
sonner les personnages en faveur auprès du grand
roi ; on s'y amusa même, de toutes les façons, mieux
qu'à Versailles dès que ce souverain, n'ayant plus
rien de commun avec les autres princes, eut pris une
vieille maîtresse et de jeunes ministres. Pour ne
pas s'étonner de cette dérogation par intervertisse-
ment à deux principes jusque-là consacrés, il fallait
croire que le maître ne se servait ni de l'une ni des
autres ; sans quoi il aurait mieux valu que le blon-
din M. de Barbezieux changeât d'âge avec la veuve
de Scarron.

Le vice-légat, qui représentait le saint-Père à
Avignon, y distribuait, il est vrai, peu des grâces
temporelles auxquelles aspirent les courtisans, mais
il n'envoyait personne à la Bastille. Cela devait rassurer quelques-uns des étrangers qu'attirait ce lieu
de plaisance. Le froid s'y faisait peu sentir, et, pour
tempérer la chaleur, le Rhône baignait les murailles de la ville, traversée de plus par un bras de la

Sorgue et moins distante encore de la Durance, aux poétiques rives, que de la fontaine de Vaucluse, aux échos tendres et mélodieux par excellence.

Que restait-il à désirer en ces agréables parages, sous le rapport de la gourmandise? Les oiseaux qu'on appelle toujours des *petits-pieds* tombaient pour ainsi dire tout rôtis ; les ortolans eux-mêmes, dont on fait peu de bouchées, mais si délicieuses, n'étaient pas rares. L'esturgeon passait encore dans le pays pour le plus exquis des poissons, depuis que les anciens Romains en avaient fait porter en triomphe sur des tables d'honneur : de nos jours, au contraire, l'esturgeon, qui a dégénéré, si ce n'est notre goût, n'entre dans aucun menu délicat, même le vendredi. Par exemple, on tirait côtelettes et gigots des moutons de Ganges, qui n'ont pas cessé d'exceller. Que si les perdrix à l'orange ne rafraîchissaient guère les palais délicats, trop épicés par la bisque d'écrevisses, les blanc-manger venaient à point, puis le melon de Cavaillon, figurant dans le dessert. Pour surcroît, le vin de Perdrix, dont le cru à proximité appartenait au pape, faisait les honneurs de la cave, avec le vin de l'Ermitage.

Le Cᵗᵉ de Suze, qui tenait table ouverte comme les intendants des provinces du royaume, vivait grandement en garçon, séparé de sa femme, sans

enfants, et ayant fait à des collatéraux l'avance de
son héritage moyennant 16,000 livres de rente, qui
ne lui auraient pas suffi à mener bon train à Paris :
il habitait probablement l'une des maisons qu'occupent aujourd'hui divers marchands près de l'ancienne boucherie, située rue du Vieux-Septier. Le
Mis des Essarts, bonne fourchette du même temps,
venait de se faire bâtir une maison, postérieure-
ment hôtel de Forbin-Janson, encore visible rue
du Four ; il avait une femme aussi dévote qu'il était
gourmand; la fille de sa sœur, Mme de Castellet, était
la jeune veuve du Mis d'Aubignan, nouvelle-
ment remariée à M. de Blauvac, l'une et l'autre belles,
surtout la mère. L'hôtel Crillon, qui porte le n° 7,
rue de la Masse, était de construction presque aussi
récente et rivalisait d'importance avec celui de
Montréal, moins nouveau, qu'illustrait une galerie
où de grands maîtres romains avaient représenté
les aventures du *Roman de Chariclée* (¹), même rue,
n° 8. Une autre maison de la ville (place Pignotte,
n° 15), ne fit retour à la M^{ise} d'Urban, avec un
capital, qu'en 1689 ; elle avait obligé son frère à lui
restituer de cette manière sa légitime, malgré la

(¹) Sujets tirés du roman grec *Théagène et Chariclée*,
par l'évêque Héliodore.

renonciation imprudemment consentie huit années
auparavant. Indépendamment de cet ancien hôtel
de Ganges, il y a encore debout un ancien hôtel de
Fortia d'Urban, rue de la Petite-Fusterie, n° 3.

La musique et la danse rendaient charmantes de
fréquentes assemblées, sans qu'on s'y adonnât avec
autant d'ardeur qu'aux jeux de l'hombre, de la bassette, du lansquenet. Une chronique du temps disait
de ces assemblées : « On voit là de très-belles dames
mises d'un fort bon air ; les unes coupent au lansquenet, les autres pontent à la bassette et d'autres
se donnent des airs panchez sur des Canapés et
poussent les beaux sentimens avec des cavaliers
bien tournez. »

Aussi bien la fontaine de Vaucluse était si souvent le but d'un pèlerinage sentimental, et plus facilement encore le tombeau de Laure, dans l'église
des Cordeliers, démolie depuis, que les tendres propos coulaient de source. Les souvenirs toujours
présents de l'amour qu'avaient immortalisé les
chants de Pétrarque, émancipaient plus de timidité,
déchaînaient plus d'envie, entretenaient plus d'espérances, déterminaient plus de capitulations qu'ils
ne décourageaient de comparaisons, qui, toutefois,
n'étaient pas longtemps possibles. Cœur qui bat rai-
sonne-t-il jamais ? Aussi bien les dames d'Avignon,

à l'époque dont nous parlons, se montraient rarement aussi prudes que Mmes de Maintenon et de
Noailles. La plupart de celles qui manquaient à la
foi conjugale avaient pour excuse le peu d'ombrage
qu'en prenaient leurs maris, qui ne leur prêchaient
pas d'exemple la sagesse, la population regorgeant
de belles filles. Avant de passer M^ise de Ganges, la M^ise de Castellane avait nécessairement
été veuve, mais si peu à la manière du Malabar
qu'il lui avait fallu un retour de sagesse pour couper court á l'intermède ; elle avait fini par s'y com-
promettre plusieurs jours avec le duc de Candale(¹),
amant en titre de la Ctesse d'Olonne, dans cette même
ville qui se ressouvenait de ses courts égarements
mieux que de ses vertus de plus longue haleine.

Villars, le futur maréchal, n'était encore que
colonel de cavalerie lorsqu'il poursuivait dans
les Cévennes ces bandes de protestants dont l'im-

(¹) Nogaret de Foix, duc de Candale, né en 1627, mort le
28 janvier 1658, avait succédé au cardinal Mazarin comme
colonel du régiment des Vaisseaux-Mazarin, dit ensuite de
Candale. Désigné pour remplacer le maréchal d'Harcourt
dans le commandement de l'armée de Guyenne, il avait
passé dans celle de Catalogne, en qualité de lieutenant-
général, sous le prince de Conti, qu'il avait suppléé, et
sous le maréchal d'Hocquincourt.

politique révocation de l'Edit de Nantes fit des émigrés. La police du vice-légat, dont les consuls avaient la direction, ne devait pas se montrer hospitalière pour les réfugiés de cette catégorie ; il n'y avait pourtant pas dans la ville que des églises catholiques et des couvents ; les juifs d'Avignon, comme ceux de Rome, étaient pourvus d'une synagogue. La présence de Villars se signala dans le Comtat par des succès de plus d'un genre : il séduisit une dame de Fortia, mais celle-là d'une autre branche, en résidence à l'hôtel de Montréal. Elle était née Françoise de Sassenage ; son père lui avait donné une belle-mère ; on appelait son frère le Mis de Sassenage, mais par courtoisie ; son mari était Jules de Fortia, seigneur de Montréal. Villars, après la paix de Nimègue, s'était déjà livré à des intrigues galantes, qui lui avaient valu une sorte de disgrâce, malgré ses états de service ; son aventure d'Avignon ne passa pas plus inaperçue, mais ne l'empêcha pas, à son retour, de recevoir le brevet de brigadier et d'être admis, comme spectateur, aux représentations collet-monté des demoiselles de Saint-Cyr.

Mme de Maintenon, qui portait des lunettes pour faire de la tapisserie, ne voulait plus alors qu'on la traitât de marquise, ayant refusé de passer duchesse ; elle aurait déjà pu porter un titre plus élevé, qui lui était encore moins donné, et, pour se rendre inaccessible, elle quittait Versailles avant le jour, entendait la messe à Saint-Cyr, et ne voyait guère, des personnes de la cour, que Mmes de Chevreuse, de Seignelay, de Montchevreuil, la princesse d'Harcourt et Mme d'Udicourt, la grande louvetière. La chronique scandaleuse restant étrangère à cette Egérie de la vieillesse de Louis XIV, elle eut sans doute le bonheur d'ignorer qu'un jour vint où sa belle cousine, fille déjà si peu reconnue de Louis IX, n'y brillait plus par son absence.

Le Mis d'Urban, élu de la noblesse, siégeait à cette époque, avec ses collègues, en qualité de consul, à la maison de ville, prise sur le palais des papes, et la marquise avait eu le temps de justifier la prédiction prématurée de sa fécondité biblique : François, son fils aîné, qui avait vu le jour en l'année 1685, était déjà élève de la pension Lejeune, dans le faubourg Saint-Germain, à Paris. L'âge de la dame se rapprochait tant de la trentaine, encore verte, qu'il s'éloignait encore de la quarantaine, déjà mûre, lorsque, pour son malheur, le Ch^er de Bouillon la remarqua, la rechercha, la retrouva dans les assemblées.

C'était un dépravé cadet de famille, que la

2

débauche consolait d'une disgrâce récente. En
raison de ce que son frère, le prince de Turenne,
tué à Steinkerque, ne laissait pas d'enfants, il
avait voulu épouser sa veuve, quoique boîteuse,
pour supprimer l'obligation de rendre tout ce qu'elle
avait apporté de biens à la maison de Bouillon.
Mᵐᵉ de Ventadour, dont elle était la fille unique,
n'avait pas fait d'opposition, et la veuve avait engagé
plus encore que son cœur dans ce projet de renouer
par substitution, son beau-frère promettant d'obtenir par le cardinal de Bouillon la dispense nécessaire. Seulement le petit duc de Ventadour, gouverneur de Limosin, était revenu pour faire valoir à
l'encontre une autorité paternelle qui ne se tenait
pas pour épuisée ; prêt à se couper la gorge avec
le chevalier plutôt que de l'avoir pour gendre, il
avait emmené sa fille dans son hôtel particulier,
pour la remarier, mais avec le prince de Rohan,
fils du prince de Soubise. Le prétendu si vigoureu-
sement écarté, n'étant pas vu de meilleur œil à la
cour, savait le roi mécontent de sa conduite, mais
avait l'insolence de dire : — Il me garde une dent,
la seule qui lui reste, encore est-elle pourrie.

Légèrement épris de cette femme en vue, dont la
réputation sans tache rendait le couronnement de
sa flamme moins certain, mais l'aventure à tenter

plus piquante, M. de Bouillon eut pour surprise
agréable le peu de résistance de la place assiégée.
La belle venait d'entendre sonner, tout à coup,
son heure d'aimer.

D'une pareille faute les conséquences ne sont-
elles pas toujours à redouter ? Loin d'user de ména-
gements, qui témoigneraient de gratitude et de
délicatesse, l'amant dont nous parlons s'arrange
de manière à ce que toute la ville soit avertie
de sa prise de possession. Chaque fois qu'il passe
la soirée chez la dame, qui ne sait pas être aussi
compromise, il sort porteur d'une sonnette et
l'agite, pour que les bourgeois et bourgeoises
d'alentour, déjà coiffés de nuit, se mettent aux
fenêtres. C'est l'heure où le jeu cesse dans les
maisons honnêtes, qui reçoivent sans tenir tripot.
Mais y a-t-il moyen de supposer que la veillée du
chevalier ait eu pour seul objet de jouer à l'hombre
tête à tête avec la marquise ? M. d'Urban, à qui ses
parents mettent sur ce cas la puce à l'oreille, fait
défense à sa femme de recevoir le galant. Celui-ci,
qu'elle envoie chercher, en protestant contre d'o-
dieux soupçons et un abus d'autorité, se rend à son
appel sans être pour cela disposé à prendre son parti,
comme elle y compte ; au contraire, il prend sa grosse
voix pour la traiter de folle et lui dire qu'aucun

époux n'a tort de s'opposer à l'inconduite de sa femme. La maîtresse trahie fond en larmes sans que les pas de l'honnête homme outragé qui se font entendre y soient pour quelque chose : avisé de la désobéissance de la coupable, il attendait avec des valets, dans l'antichambre, la sortie du complice apparent, que changent pour lui en défenseur de la bonne cause les paroles qui viennent d'arriver jusqu'à ses oreilles. Le chevalier saute par une fenêtre, pour aller raconter partout son aventure, pendant que la victime de ce mauvais sujet se ravise également ; elle ne lui en veut plus de l'avoir si durement contredite, pour donner le change au jaloux, qu'il devait savoir aux écoutes avant qu'elle-même s'en doutât.

Le beau cavalier, qui jusqu'à ce point du récit n'était coupable que de rouerie, n'a pas attendu au lendemain pour mériter les derniers châtiments, du même chef que de dignes amis qui s'étaient joints à lui pour faire chère-lie; il voulait gaiement finir avec eux cette journée où nous venons de le voir se tirant à son avantage d'un mauvais pas. Ces vauriens, comme il s'en groupe dans toutes les villes de plaisirs, soupaient chez le pâtissier Lecoq, dont le frère tenait à Paris, rue Montorgueil, un établissement fameux du même genre. On y tympanisa, avec toute l'indiscrétion des gens de mauvaise compagnie, Mme d'Urban; l'absente ne se doutait guère qu'elle faisait partie du service dans cette orgie, dont le couronnement fut si abominable qu'on douterait aujourd'hui de la véracité du fait s'il était possible d'en inventer de pareils. De telles fêtes finissent trop souvent par un crime; celui-là était dégoûtant et n'avait même pas l'ivresse pour circonstance atténuante, d'après ce qu'il fallait de volonté, d'accord, d'application, d'adresse et de férocité soutenue pour en consommer l'exécution. Le roi du festin dit au pâtissier, comme pour plaisanter : « Tu es par trop gras pour un coq ; nous allons te faire chapon ». Quelque insensée que fût cette menace, elle commençait tout de suite à se réaliser ; le patient désigné étant appréhendé au corps, on le coucha de force sur la table, à demi déshabillé, tenu à quatre, et les bourreaux lui firent subir le supplice qu'Origène s'était infligé à lui-même. Mutilation à laquelle le malheureux ne survécut que quelques heures.

Le vice-légat, noble vénitien du nom de Delfini, ne fut pas plus tôt avisé de cet acte de folie atroce qu'il résolut de le punir sévèrement. Cet excellentissime et révérendissime substitut du pape réunissait en lui les pouvoirs spirituel, administratif, militaire et judicaire ; mais il avait beau être en même temps péni-

tencier, gouverneur général et grand juge, il lui
était interdit d'enfreindre une loi romaine en vigueur
qui protégeait tout particulièrement la liberté indi-
viduelle. Du moment qu'un coupable n'était pas pris
en flagrant délit, on ne pouvait l'arrêter qu'en conséquence d'une instruction régulière; l'accusé, restant inviolable jusque-là, bénéficiait de la présomp-
tion d'innocence. Comme le malfaiteur en cause était
de race princière, descendant d'un chef des croisa-
des, neveu d'un cardinal, et que l'ombre du grand
Turenne était aussi de sa famille, une protection
locale s'éleva en sa faveur ; il en semblait personnellement indigne, d'autant plus qu'elle devait sa
principale autorité à la pourpre romaine. L'inattendu protecteur du criminel n'était ni le cardinal
Janson, frère de la M^{ise} de Velleron, qui habitait la
ville et qui avait cinq ou six filles, toutes marquises
ou comtesses ; ni le cardinal Maldachini, frère du
commandeur du même nom, sous les ordres duquel
était placée la cavalerie italienne de la garnison;
c'était S. E. Pierre de Bonzi, président des Etats du
Languedoc, archevêque de Narbonne et commandeur de l'ordre du St-Esprit, qui avait été grand
aumônier de la reine et évêque de Béziers. Ses
talents diplomatiques, devinés et encouragés par
Mazarin, avaient servi la France avec distinction à

Venise, en Pologne, en Toscane et en Espagne.

Les mœurs de ce prélat, de famille florentine, n'avaient pas donné le bon exemple à Montpellier. Il y avait pris pour maîtresse la belle Gévaudan. Un tel personnage ne pouvait afficher pareille intimité qu'au plus grand mépris des convenances, avec cette aggravante circonstance que sa complice n'était ni une inconnue, ni sans parents, ni sans éducation, et qu'elle n'avait pas eu la misère pour excuse en sacrifiant à ce point sa réputation. Son histoire circulait un peu dans le Midi.

Mlle Gévaudan, qui était de Nimes, avait à Montpellier une sœur, la présidente Mariotte, chez laquelle on avait cru prudent de l'envoyer pour rompre une liaison dangereuse. Mais la dépaysée était tombée de Charybde en Scylla, malgré la confiance que devait inspirer à tant d'égards la fille aînée donnée pour chaperon à la cadette. Une présidente a toujours quelque chose de l'autorité de son mari ; celle-là, en outre, connaissait plusieurs langues et s'entendait à toutes les sciences ; par malheur elle était avare, et ses scrupules un à un avaient cédé à l'importance progressive d'autant de présents. Un frère, qui s'était formalisé du déshonneur de la famille, avait accepté pour s'en consoler une compagnie de dragons et la majorité de Nar-

bonne ; d'autres parents, qui n'avaient pas moins
protesté, étaient devenus aussi des obligés. Les
meilleures parts du gâteau revenant à la principale
protégée, elle se faisait bâtir, aux frais du protecteur, un superbe hôtel, qui se trouve à présent ce
que la préfecture a de bâtiments anciens. Il s'élevait
à la place de masures qui survivaient à la suppression du temple protestant, près d'une croix de
pierre en l'honneur de laquelle on se récitait alors
ce quatrain :

> Vénus, ô triste Croix, n'a rien qui vous ressemble.
> Cependant près de vous on bâtit son palais :
> Partez donc de ces lieux, quittez-les pour jamais,
> Car Vénus et la Croix ne sauraient être ensemble.

Ne s'agissait-il pas effectivement d'un scandale
fait pour inspirer la satire ? Vitral, écuyer de profession, était l'un des poètes mordants de circonstance ; il en perdit un traitement de mille écus que
lui servait la ville pour défrayer des leçons d'équi-
tation. La favorite, malgré le crédit du prince dont
elle compromettait le caractère sacré, n'avait-elle
même à craindre que la critique ? Mme Mariotte, en
s'installant chez elle, la regardait comme si peu
mariable que l'hôtel semblait d'héritage infaillible
pour la famille. Mais la position changea quand la
Gazette de Hollande eut divulgué les amours de

Mme d'Audessan avec M. de Baville ; cet intendant du Languedoc, découvrit une correspondante du journal dans la présidente et obtint vindicativement une lettre de cachet pour enfermer la Gévaudan. Il fallut pour la sauver qu'un soupirant de marque, jusque-là écarté, ne craignit pas de se convertir à point en un prétendant légitime. Sur le bruit de leur prochain mariage, qui promettait une réhabilitation inespérée, le cardinal alla se jeter lui-même aux pieds du roi pour désarmer son indignation.

On s'étonnait surtout de ce que le fiancé sans vergogne était le Cte de Ganges, colonel de dragons, qui savait la future très-riche, mais qui avait fait preuve de désintéressement dans une autre circonstance plus haut relatée. Le soir même de leurs noces, on attacha à la porte du Cte et de la Ctesse de Ganges un bélier avec une calotte rouge sur les cornes et cette légende : *Au bon mouton de Ganges* (¹).

D'autre part, l'ancien vice-légat, *monsignor*

(¹) Plusieurs de nos devanciers se sont rendus coupables d'une faute bien regrettable en confondant cette Ctesse de Ganges, qui n'est connue que par sa conduite décriable, avec la M^ise de Ganges, qui eut assez de vertu pour en souffrir jusqu'au martyre.

Alexandre Colonna, avait eu des relations non
moins tendres avec la M^{ise} d'Onis, sœur du Mis de
Castries, le gouverneur de Montpellier, et nièce
du cardinal de Bonzi ; le prédécesseur de Delfini
avait souvent donné à cette dame la petite fête qu'on
appelait alors le *régal,* dans le plus joli jardin d'Avignon que le commandeur Maldachini prêtait à ses
amis quand il n'en faisait pas pareillement les honneurs lui-même. Elle aurait préféré demeurer vice-
légate, malgré le changement du titulaire ; mais Delfini s'y était si peu prêté qu'un jour même il avait
refusé une faveur qu'elle et son mari sollicitaient pour
une de leurs créatures. Comme le marquis en avait
marqué de la mauvaise humeur, en disant à sa
femme avant de sortir: « Laissez là ce Pantalon », les
deux époux avaient reçu l'ordre de sortir des terres
de Sa Sainteté, et il leur avait fallu subir l'exil
avant d'obtenir un rappel. Peut-être M. de Bonzi en
gardait-il une dent contre le vice-légat qui, toutefois, espérait son appui pour arriver à la nonciature
de France et jusqu'à un siége au conclave ?

Le défenseur officieux du chevalier ne voulait
voir dans le meurtre du pâtissier, commis sans pré-
méditation, sans intention de donner la mort, sans
passion et sans intérêt, que le résultat déplorable,
mais accidentel, d'une ivresse non-seulement pro-

voquée, mais encore partagée par l'imprudent qui
en avait été victime.

Il fut laissé, par compromis, à M. de Bouillon
le temps de s'éloigner, et, forcé de faire diligence,
il ne put se présenter chez la marquise qu'à sept
heures du matin, pendant qu'on graissait les roues
de la chaise de poste.

Cette femme égarée, au lieu de reconnaître que
dans sa chute elle était des plus mal tombées, ne
se lamenta que du départ dont elle apprenait en
même temps la détermination, le motif et l'urgence ;
renchérissant encore sur l'indulgence du prince de
l'Eglise, qui lui-même en avait besoin, elle se reprochait d'être pour quelque chose dans le malheur
qui n'aurait pas eu lieu si elle avait retenu dans ses
appartements et dans ses bras l'innocent que l'on
accusait. La logique, pour les femmes surtout, n'a
qu'à se taire quand la passion parle. Comment recevoir sans pleurs, sans déchirements, les adieux du
fugitif qui regrettait surtout, avouait-il, de n'avoir
pas fait reproduire en miniature les traits de son
adorée pour les emporter sur son cœur en exil ?
C'était le moins que, n'ayant pas de médaillon, elle
n'hésitât pas à monter sur un fauteuil pour découper
la toile de son portrait, dont elle fit un rouleau, plus
portatif que le tableau : il n'y avait donc plus qu'un

cadre vide pour faire pendant à un autre portrait,
qu'elle dépariait, celui du père de ses enfants. Aussi
le préféré se confondit-il en remercîments. Mais il
avait à peine disparu, en s'arrachant au dernier
embrassement, qu'elle revit le rouleau qui gisait
dans un coin : il fallait que le persécuté l'eût
oublié, car il venait de jurer au modèle qu'il tenait
fort à la copie.

Laure, femme de chambre de Madame, fut char-
gée d'expédier bien vite un homme de confiance
à cheval, qui partit à franc étrier pour opérer la
restitution de ce précieux souvenir. Comme le coupable craignait d'avoir les archers à ses trousses,
se sentant encore menacé de la géôle, de la question et d'une mort violente pour finir, il ne tenait
nullement à se laisser rattraper ; aussi le cavalier
pensa-t-il crever son cheval pour ne rejoindre l'en-
diablée voiture qu'au relais.

A la nouvelle qu'il s'agissait tout bonnement pour
lui de rentrer en possession du portrait, l'ingrat s'y
refusa ; il ne revint sur ce premier mouvement que
pour céder aux instances du messager, qui ne voulait pas avoir tant couru en pure perte. De guerre
lasse, l'amant regretté faisait un trophée de la toile,
en l'exposant, fixée par quatre clous derrière sa
chaise de poste, place où les armoiries étaient alors

portées par les carrosses. Dès le relais suivant, se jugeant libre de se débarrasser d'un gage d'amour suffisamment affiché, il ne craignit pas de le donner en paiement au postillon, qui s'en retournait directement à Avignon. L'œuvre d'art fut donc mise à l'étalage d'une boutique de la ville le soir même du jour où elle était sortie de chez la marquise, dont on reconnut le portrait d'autant plus sûrement que le marchand savait et racontait par quel circuit et de quelles en quelles mains l'objet était venu jusqu'à lui.

La dame à ce point dénoncée ne pouvait pas moins faire elle-même que de disparaître. N'était-ce que pour cacher sa confusion des premiers jours où elle voyait clair, en sortant de si épaisses ténèbres ? Voulait-elle, au contraire, porter solitairement le deuil d'un amour qui le méritait si peu ? Courait-elle, encore plus persistante dans son aveuglement, après le seul homme qui dût lui inspirer de la haine ? Etait-elle partie dans la direction de Paris, où elle avait un fils ? Un couvent ne servait-il pas de refuge à sa pénitence ? Ne se pouvait-il pas enfin que le désespoir ou la honte lui eût donné pour lit celui du Rhône ? De ces suppositions si différentes, la première seule eut l'air de frapper juste, comme si la fugitive n'avait à cacher que son trouble. Elle n'é-

tait pas plus loin que Bagnols-sur-Cèze, près d'Uzès,
chez un parent de son mari, où de bons conseils et
de bons exemples l'aidaient à se ravoir. Le fait est
qu'une jeune fille de Marc de Fortia, viguier d'Avignon, puis président de la chambre apostolique à
Carpentras, avait épousé au siècle précédent Jean
de Monfaucon, duc de Lévis, gouverneur de Bagnols,
gentilhomme ordinaire de la chambre du roi. Chez
leur descendant s'opéra la réconciliation des deux
époux. Le portrait si aventuré avait été racheté par
le mari, qui le considérait comme volé par le chevalier, et le président des Etats, avant de regagner
Montpellier, avait laissé 200 pistoles aux héritiers
de Lecoq, pour dire qu'il avait succombé à une
attaque d'apoplexie. Tout s'était si bien arrangé que
la dame elle-même ne quitta pas Bagnols sans y
avoir donné le jour à son dernier fils, le 19 novembre 1695. Le Cher de Bouillon n'en fut pas même
le parrain.

Cependant au château de Ganges s'étaient encore
passées d'étranges choses. Le nouveau seigneur
avait épousé la fille du Bon de Moissac, protestante récemment convertie comme son père, lorsqu'ils eurent pour hôte, devinez qui ? l'ancien seigneur condamné à l'exil. Ce revenant, qui devait
mourir à l'étranger, aucune grâce, aucune prescrip-

tion ne le déchargeant de sa peine, ne se gênait pas davantage pour se remontrer à Montpellier, où le susnommé Lamoignon de Baville, intendant du Languedoc, était son protecteur ; on avait l'air de lui savoir gré du zèle avec lequel il obligeait les nouveaux convertis de Ganges à ne pas manquer la messe. Le fils n'était pas encore brigadier des armées; son service de capitaine de dragons (¹) l'empêchant de rester à Ganges, il laissa son père avec sa femme pour qu'elle fût sous sa sauvegarde. L'incorrigible garnement, épris de sa belle-fille, lui donna lieu de s'en plaindre à son père, qui en avertit son mari. Celui-ci se jeta aux pieds du roi pour demander que l'arrêt d'exil à perpétuité prononcé par les juges de Toulouse fût exécuté sans merci ; mais il s'épargna la honte de révéler qu'un nouveau grief l'obligeait

---

(¹) Le même capitaine, alors qu'il dragonnait les huguenots de Metz, faisait inutilement la cour à une belle protestante, dont le mari était orfévre. Seulement, quel que fût l'attachement de celle-ci à ses devoirs d'épouse, il lui fallait un protecteur pour se soustraire par la fuite à l'obligation d'abjurer, et l'officier la vit revenir d'elle-même, mais dans une tristesse et une confusion qui prouvaient son horreur pour les deux maux dont elle choisissait le moindre ; il calma ses doubles alarmes en lui faisant donner un sauf-conduit avec immunité pour sa vertu.

à se ressouvenir de l'ancien. Le vieux monarque, tout en accordant que force restât à la loi, ne se gêna pas pour ajouter à haute voix qu'une supplique dans le sens contraire eût fait plus d'honneur au requérant. Le Cte de Ganges, en apprenant que son frère ne pouvait plus compter sur une tolérance qui permettait de croire à la prescription, s'éloigna en hâte de Paris et arriva en poste au château de Ganges pour emmener en lieu de sûreté le banni, coupable de rupture de ban.

L'ancien colonel des dragons du Languedoc avait quitté le service, où il était mal vu depuis son mariage ; il avait acheté une lieutenance de roi et le gouvernement de la cité de Carcassonne. Mais sa femme avait refusé de le suivre jusque-là, sous prétexte qu'il voulait la soustraire par l'éloignement à l'ascendant et à l'affection de la présidente Mariotte, sa chère sœur, et elle était rentrée, en état de séparation, à Montpellier, pour y descendre d'abord au cabaret du Chapeau-Rouge. Puis elle avait renoué avec le cardinal, repris son hôtel et revu jusqu'à M. de Baville.

Mme d'Urban se promenait un jour, à Avignon, dans le jardin du commandeur lorsqu'un cavalier de bonne tenue et ne paraissant avoir que quarante ans, qui la cherchait, l'aborda en l'embrassant avec

tendresse, malgré la présence de M. d'Urban : c'était
son père, que lui amenait son oncle, petit homme
et camard. La marquise les reçut avec cordialité, jusqu'à mettre tout en œuvre pour les retenir ; elle y eût
réussi sans l'influence contraire de son frère, qui,
voulant pour leur père une retraite moins mondaine,
s'appuyait, pour la lui imposer, de recommandations
internationales. Le porteur n'en était-il pas le jeune
et brillant Phélypeaux, qui justement arrivait de
Versailles ? Que de dames étaient sous les armes
pour faire les honneurs de la place à ce fils de M. de
Pontchartrain, contrôleur-général des finances! L'influent visiteur, dans le cours du même voyage,
assistait à Montpellier, avec son ami, le Mis des
Essarts, à une fête donnée par le Cte de Broglie,
qui commandait les troupes en Languedoc, beau-
frère de Baville, et la Ctesse de Ganges, sans son
mari, était de la fête. Il fallut, si ce n'était pas
une plus haute intervention, celle de la police, pour
que l'ex-marquis reculât jusqu'à l'Isle, petite ville
près de la fontaine de Vaucluse, où son frère le
suivit en fidèle consolateur.

La distance n'était pas grande pour un père et
une fille qui aimaient à se revoir. Celle-ci se faisait
assister de celui-là pour signer à un acte passé
entre son mari et son beau-frère, Jacques-Joseph de

3

Fortia, colonel de régiment de Tournésis, chez M⁰
Caussan, notaire à Avignon, le 25 avril 1704. Sous
la même assistance et par-devant le même notaire,
elle faisait donation à son mari de tous ses biens, à
l'exception de quelques legs, le 30 septembre 1710,
date à laquelle elle souffrait déjà de la maladie qui
l'emporta le 6 janvier suivant. N'est-ce pas par pitié
filiale que la marquise reconnaissait ainsi jusqu'à
la fin une autorité paternelle qui ne pouvait plus
s'exercer avec validité en France ? Le titre de marquis, que le père gardait dans les actes, lui était-il
encore dû autrement que par courtoisie ? Mᵐᵉ de Brin-
villiers n'était pas plus tôt condamnée comme em-
poisonneuse que Mᵐᵉ de Sévigné cessait de la qua-
lifier marquise.

Les anciens droits de propriété étant absolument
perdus pour l'exilé, il paraît que sa fille lui en avait
donné ou légué de nouveaux, car une transaction in-
tervint encore entre le beau-père et le gendre, le 10
mai 1726, au sujet de la succession de la défunte.
M. de Ganges eut aussi le bonheur de vivre longtemps. La mort ne voulut de lui qu'en 1737, deux
ans après le mariage de la fille de son fils avec un
Cᵗᵉ de Mazade-d'Avèze, châtelain près du Vigan,
dont le père avait fait fortune dans les finances ;
il ne manquait à l'exilé, dont la vie finissait

à l'Isle, que peu de mois pour être centenaire.

Il ne survivait plus de Ganges mâles, à l'exception peut-être de celui-là, alors que leur château patronymique passait aux Fortia. Le nom que trois frères avaient déshonoré gagnait sous ce rapport à s'éteindre. La longévité de leur complice n'avait été partagée ni par le chevalier ni par l'abbé de Ganges. Le chevalier, qui s'était enfui à Malte, avait péri sur les murs de Candie, assiégée par les Turcs. L'abbé était devenu, sous un nom d'emprunt, gouverneur du fils d'un prince allemand, puis s'était sauvé en Hollande avec une demoiselle, parente de son élève, pour y vivre avec elle, à pot et à rôt, dans la religion protestante.

M. de Bonzi, en vieillissant, fut un jour attaqué d'apoplexie, pendant la tenue des États sous sa présidence. M. de Torcy, évêque de Montpellier, apporta le Saint-Sacrement dans sa chambre, pour l'exposer à l'adoration, sur un reposoir, en présence des membres de l'assemblée, réunis comme visiteurs, et puis M. de Montpellier demanda au malade une réparation publique de son commerce avec Mme de Ganges, avec promesse de rompre. Sur un simple signe d'assentiment, l'évêque annonça que S. E. demandait pardon à Dieu et chargea un curé d'aller dire à la dame, de

la part du repentant, que tout entre elle et lui était
fini. La guérison permit à M. de Bonzi de rendre
la visite due à M. de Torcy et de le remercier par
courtoisie de tout ce qu'il avait fait; mais, en sortant, il ordonna à haute voix qu'on le portât à
l'hôtel de Ganges, pour ne pas laisser croire qu'il
rentrait chez lui par obéissance. Il résidait pour le
moins chez sa sœur, Mme de Castries, rue Saint-
Guilhem. Plus à court de patience, la comtesse ne
pardonnait pas à l'évêque l'affront qui, tout d'abord,
l'avait portée à vendre sa maison pour s'enfuir à
Paris; elle conseilla froidement au convalescent de
prendre l'air de la campagne, et il se rendit en effet
dans une de ses abbayes, à Valmagne. Ce personnage vécut donc jusqu'à l'âge de 73 ans, laissant
veuves ses deux sœurs, l'une du Mis de Castries,
l'autre du Mis de Caylus, B^{on} des Etats.

M. d'Urban, premier consul et viguier d'Avignon, avait fait recevoir, en 1700, page de la petite
écurie, son fils François, qui était ensuite capitaine
au régiment du roi, puis syndic de la noblesse du
Comtat-Venaissin; mais cet aîné de la famille avait
cessé de vivre en 1733, et son père l'année suivante.
Un ancien viguier de la même légation, qui a figuré
au nombre des victimes de la révolution, était le
fils aîné dudit François et père d'un membre de

l'académie dés Inscriptions et Belles-lettres, le Mis de Fortia-d'Urban, qui a publié forcé livres.

Des deux frères de François, l'un, le Ch^{er} Henri d'Urban, n'est devenu à notre connaissance que capitaine. Le cadet a été l'abbé Alexandre, plus tard vice-légat d'Avignon. Son prédécesseur indirect, Delfini, n'avait pas manqué d'être nommé nonce en France, et Louis XIV ayant appris qu'il entretenait publiquement une maîtresse, avait commencé par lui faire, à ce sujet, des observations défavorables; mais l'ambassadeur du Saint-Siége n'avait pas craint de répondre qu'il ne comptait pas sur la présentation du roi pour obtenir le chapeau, et puis, il avait continué son train de vie à l'italienne; malgré cela il avait reçu des mains royales la barrette, une fois promu cardinal, et il devait tant d'avancement à la recommandation de Pierre de Bonzi.

Notre marquise avait aussi des filles; nous leur devons au moins une révérence à chacune. Marie, la première, a épousé son cousin Paul-Joseph de Fortia, Mis de Saint-Jalle; Victorine-Sybille, la seconde, a passé par mariage M^{ise} d'Aubignan, et Catherine, la troisième, M^{ise} de Caux; la quatrième était religieuse à Avignon.

LEFEUVE.

LES DEUX VIEILLESSES

I

Lorsque je vois passer des vieillards, je m'arrête ;
L'âge du même poids ne courbe point leur tête,
L'un marche droit, et l'autre a peine à se mouvoir.
Les uns sont restés beaux, d'autres sont laids à voir.
Pourquoi donc ? Et d'où vient que la nature laisse
Eclater ses faveurs jusque dans la vieillesse,
Et que Dieu n'a pas mis sur ces fronts blanchissants
L'auguste égalité, la majesté des ans ?
Non ! Dieu n'est point coupable, et la mère nature
Ne nous dispense pas ses dons à l'aventure.
L'ordre règne dans tout : la beauté du vieillard,
Faite d'âme et d'esprit, ne tient pas au hasard,
Et dès qu'il peut penser et qu'il devient son maître,
L'homme prépare en lui le vieillard qu'il doit être !

*
* *

Toi qui vas moissonner, ivre de tes vingt ans,
Les fleurs qui n'ont qu'un jour, toi qui n'as qu'un printemps,
Toi dont l'air du matin remplit le sein qui vibre,
Toi qui peux tout oser, jeune homme ardent et libre,
Prends garde : ton histoire, un témoin juste et prompt,
D'une invisible main, l'écrira sur ton front ;

Sur tes traits, où ne siége aujourd'hui que la grâce,
Toutes tes actions laisseront une trace,
Et chaque sentiment, en toi-même vainqueur,
Refaisant ton visage à l'image du cœur,
Dira plus tard quel joug tint ton âme asservie :
Ta vieillesse sera le miroir de ta vie !

II

Cet homme que voilà, plus décrépit que vieux,
A l'œil glauque, au front bas, ce fut un envieux,
A tout ce qui grandit jetant son vil outrage,
Calomniant l'honneur, rabaissant le courage ;
Son existence entière, en son féroce ennui,
Ne connut de plaisir que le malheur d'autrui ;
Sa pitié cauteleuse, aux perfides morsures,
Distillait son venin sur les nobles blessures ;
Il vécut courroucé, lugubre, malfaisant,
Et tout son fiel lui monte au visage à présent !

*
* *

Et cet autre vieillard, dont la figure mate
Sous le fard cache en vain quelque profond stigmate,
A la démarche oblique, au regard incertain,
Au sourire hébété, ce fut un libertin.
Jeune, il était charmant de visage et d'allure,
Les femmes enviaient sa blonde chevelure ;
Il passait dans les bals, gai, triomphant, coquet,
Et savait d'un tel air ramasser un bouquet
Que pour lui pas un cœur ne fut impitoyable ;
Il valsait comme un ange, et parlait... comme un diable.

Suave, impertinent, léger, aérien ;
De plus très-bête, au fond, ce qui ne gâte rien !
Il fut aimé souvent ; mais son âme avilie
Ne connut de l'amour que l'ivresse et la lie :
Son habileté froide, — il n'avait que ce don, —
Jusque dans le désir préparait l'abandon ;
Et pour excuse, avec ce sourire qui glace,
Il disait : « Oui, mon Dieu ! je suis un Lovelace !! »
Eh bien ! ce Lovelace aux succès insultants,
Voyez ce qu'en ont fait la débauche et le temps :
Tombé sur cette pente où le plus ferme glisse
Du plaisir au désordre, et du désordre au vice,
Sans dignité, sans foi, sans pudeur, sans amis,
Il nourrit son orgueil du mal qu'il a commis ;
Céladon dédaigné, prétentieux encore,
Le désir sans espoir le tient et le dévore ;
Quand un jeune homme passe, il rit haineusement ;
Quand les femmes, le soir, en un cercle charmant,
Se pressent comme font les oiseaux sur les branches,
Lui, furtif, inquiet, sur ces épaules blanches
Glisse un regard jaloux, et, bégayant tout bas
De fades madrigaux que l'on n'écoute pas,
Il semble, à chaque instant plus abject et plus sombre,
Le spectre de l'amour qui grimace dans l'ombre !

III

Ah ! pour nous consoler, paraissez à nos yeux,
Vieillards doux, bienveillants, calmes, chastes, joyeux !
Venez donc prendre place au cercle de famille.
Penchez vers nous vos fronts où la justice brille.

De vos dons d'autrefois rien ne vous est ôté :
Qui garde la vertu ne perd pas la beauté !
L'âge ne détruit pas la grâce, il la couronne ;
Et la ride s'efface où la bonté rayonne !
Ce vieillard, souriant à son rêve accompli,
Dans son passé n'a rien qu'il condamne à l'oubli,
Et tous ses souvenirs de plaisir ou d'étude,
Sans la troubler jamais peuplent sa solitude ;
Son esprit sage et fin aux discours indulgents,
Attirant leurs respects, instruit les jeunes gens ;
Les enfants, dont l'instinct nous devine et nous juge,
Dans ses bras bien ouverts vont chercher un refuge ;
Les femmes, l'écoutant sans trouble et sans ennui,
Disent : « Le beau vieillard !... » Et c'est assez pour lui !
La mort, dont chaque pas doucement le rapproche,
Le trouve sans terreur ainsi que sans reproche ;
Il la regarde, ému, mais confiant et fort ;
Ce n'est pas le naufrage à ses yeux, c'est le port !

*   *
*

Viens donc, noble vieillesse ! après nos jours de fièvres,
Donne à nos cœurs ton calme et ton miel à nos lèvres ;
Si le chemin fut long sous les feux du midi,
Ombres, répandez-vous dans le ciel attiédi ;
Viens, étoile du soir, douce aux âmes sereines,
Viens apaiser l'ardeur du soleil dans nos veines,
Et verse sur nos pas et sur nos fronts tremblants
Cette auguste clarté qui sied aux cheveux blancs !

                              Henri de BORNIER.

CHAPITRE SEPTIÈME

DES

TROIS SŒURS (¹)

— Maintenant, écoute... — avait dit Jeanne, et cependant elle ne parla pas tout de suite.

La tête et le bras gauche appuyés sur l'épaule du comte dont elle tenait une des mains dans sa main droite, elle semblait se recueillir.

Sans doute elle cherchait quelque moyen d'atténuer le coup terrible que ses premières paroles allaient porter à son mari bien-aimé.

Cher Raoul, — commença-t-elle d'une voix faible comme un murmure, mais qui ne tarda pas à s'élever un peu, — depuis des jours, depuis des semaines, je respecte chez toi des illusions que je ne saurais partager... Je m'efforce de te laisser une espérance que je n'ai plus...

Elle s'interrompit.

(¹) Formant une série du roman *Sa Majesté l'Argent* (Dentu, éditeur).

— Je ne te comprends pas... — balbutia M. de Gordes.

— C'est-à-dire, — reprit la comtesse, que tu ne veux pas me comprendre.—Il est impossible que notre bon docteur, dont tu connais aussi bien que moi la science et le dévouement, se trompe absolument sur mon état ; — il est impossible qu'il ne t'ait point laissé parfois entrevoir la vérité tout entière ; seulement tu refuses de le croire, parce que la vérité te fait peur... Tu fermes les yeux à l'évidence, parce que l'évidence te désespère. — Eh bien, cher Raoul, si douloureuse que soit la réalité, le moment est venu de la regarder en face. — Le bonheur que tu m'as donné depuis que nous nous aimons, depuis que je suis ta femme, était trop grand, trop complet, trop infini pour durer toujours... — J'aurais eu mon paradis sur la terre !... — J'ai été, grâce à toi, plus heureuse en ma courte existence que des milliers de créatures humaines à qui le ciel accorde de longues années de vie... — Je serais bien ingrate si je me plaignais de mon sort... — Dieu m'a fait une belle part, et ma reconnaissance égale sa bonté à l'heure où il me rappelle à lui... — Mon arrêt est prononcé, cher Raoul... Je vais te faire en mourant le seul chagrin qui te sera venu par moi, et ce chagrin tu m'as promis de me le pardonner...

M. de Gordes sentait son cœur défaillir.

Ainsi donc, il ne se trompait pas quand il disait à Lazarine, quelques jours auparavant :

« Jeanne, dans sa nature angélique, se sent condamnée peut-être et paraît ne le point savoir.... — Elle s'efforce de me laisser une suprême espérance ! elle refuse d'ajouter une douleur nouvelle à l'effroyable chagrin qui me mine.... »

Tout cela était vrai !....

Jeanne voyait la mort venir et se taisait en souriant !....

De même que l'avait fait avant lui la marquise de la Tour-du-Roy dans son entretien avec sa sœur, Raoul s'écria, en enveloppant Jeanne d'une étreinte passionnée, en baisant les cheveux blonds qui flottaient sur son épaule :

— Mais tu te trompes, ma chérie.... Dieu est bon.... Tu ne mourras pas....

La petite comtesse secoua la tête et répliqua :

Je sais bien que je vais mourir.... Tu tenterais en vain de combattre la certitude qui s'impose à moi.... Laisse-moi continuer sans m'interrompre.... — N'anéantis point mon courage.... Tes larmes inondant mes mains retombent sur mon cœur.... — Ne m'enlève pas le peu de force dont j'aurai tant besoin pour aller jusqu'au bout....

Raoul comprit que, s'il prononçait une parole, ses sanglots allaient déborder.

Il se tut, et, en signe d'adhésion, il se contenta de presser la main de Jeanne.

— Je te comprends.... Tu réponds : — *Oui...,* reprit la pauvre enfant. — Merci de toute mon âme....

Après un court silence, elle poursuivit :

— Le sacrifice est accepté, mais non sans amertume.... — Mourir à dix-huit ans.... Mourir en plein bonheur.... c'est dur !.... — Je me résigne cependant, il le faut bien, et je me résignerai mieux encore quand tu m'auras délivrée d'une angoisse que je ne puis chasser moi-même et qui remplit d'amertume mes derniers moments.... — Je disais l'autre jour à Lazarine : « Que va-t-il devenir, le bien-aimé dont la mort me sépare ?.... je ne veux pas qu'il souffre trop, mais je ne veux pas non plus qu'il soit trop vite consolé.... — Je ne veux pas surtout qu'une autre femme, s'emparant de lui tout à fait, lui commande de m'oublier.... »

M. de Gordes fit un mouvement brusque.

— Une autre femme !.... — répéta-t-il d'une voix rauque, étranglée, méconnaissable. As-tu donc un si profond mépris pour moi que tu puisses craindre cela ?.... — Non, tu ne mourras point, mais si Dieu te prenait, mon cœur te suivrait dans la tombe en attendant que mon corps te rejoigne.... et tu n'attendrais pas longtemps....

Jeanne secoua doucement la tête.

— Je ne veux pas que tu meures ! — dit-elle. — Raoul, je t'ordonne de vivre...

— Est-ce que je peux obéir ?...

— Tu m'as juré sur ton honneur de m'accorder la grâce que je te demanderais, qu'elle qu'elle soit...

— C'est impossible !...

— Tu as juré ! — souviens-toi de ton serment ! — tu tiendras ta parole.... Tu me donneras ma dernière joie....

— Jeanne, que veux-tu donc?... balbutia le comte en luttant contre les sanglots qui l'étouffaient.

Il fut vaincu.... les sanglots éclatèrent.

— Je suis cruelle, cher ami, je le sens bien.... — reprit la comtesse au bout d'un instant, — mais ce n'est pas ma faute.... — Elève ton cœur, cher Raoul.... Elève ton cœur et écoute encore.... — — Peux-tu m'entendre ?...

— Parle, chérie, et que Dieu ait pitié de moi !...

Jeanne poursuivit :

— Quand je serai partie, le monde te semblera

vide, car je sais que tu m'aimes autant qu'on puisse
aimer.... — La solitude est mauvaise conseillère...
— L'isolement et le chagrin te tueraient et je t'ai
commandé de vivre... Or tu ne peux pas vivre
seul... — Raoul, voici mon vœu suprême.... Voici
la grâce que j'implore et que tu m'accorderas, tu
l'as promis, tu l'as juré !.. — Un an après ma mort,
ni plus tôt, ni plus tard..... Un an après ma mort
remarie-toi...

— Jamais ! — s'écria le comte avec explosion. —
Jamais !! — répéta-t-il. — Jamais !!

Mme de Gordes, comme si elle n'avait pas entendu, continua :

— Une femme inconnue prenant ma place, voulant être uniquement chérie, et se figurant que c'est
son droit, te commanderait l'oubli.... — Il te faudrait effacer de ton cœur mon image et jusqu'à mon
nom... Ce nom que tes lèvres prononçaient avec un
accent si tendre, quand tu disais : *Jeanne, je t'a-
dore !*... Je verrais cela, mon Raoul, du haut de ce
pays céleste où je monterai bientôt ; mon âme souf-
frirait horriblement, et, morte, je serais jalouse !!
Rien qu'à cette pensée, je frissonne.... — C'est pour
éviter un tel supplice, c'est pour m'éteindre en paix,
le calme au cœur, le sourire aux lèvres, que je veux
te donner une femme digne de toi.... une femme

qui, m'ayant aimée, ne tentera point de chasser ma
mémoire... — Cette femme, tu la connais... — Les
affections profondes de sa vie se résument en nous....
— Tu la chéris comme une sœur... — Tu t'accoutu-
meras bien vite à la chérir comme une épouse... —
Ensemble, vous penserez à votre pauvre petite
Jeanne.... — Ensemble, vous parlerez d'elle et vous
viendrez prier sur sa tombe en y mettant des fleurs...
— Tu l'aimeras bien... Moins que tu ne m'aimais,
cependant.... — Un peu moins, je t'en prie.... —
Tu m'auras aimée plus que tout !... On ne pourrait
aimer deux fois autant que tu m'aimes, n'est-ce
pas ? — Raoul, cher Raoul... moi aussi, je t'aimais
bien.... Comme je t'aimais, mon Dieu !.... comme
je t'aime !... et mourir !..

La voix de Jeanne s'éteignit. — Ses larmes longtemps contenues jaillirent, ainsi qu'un moment
plus tôt avaient jailli celles du comte.

La crise fut courte. Madame de Gordes trouva dans
sa faiblesse assez de force pour sécher ses yeux.

Au bout de quelques secondes, elle continua d'une
voix presque ferme :

— Cette femme en qui j'ai confiance... cette femme
à qui je te donne..... tu l'as compris déjà, c'est
Rénée... — Promets-moi, cher Raoul, promets-
moi d'épouser Rénée un an après ma mort.

Le comte voulut répondre, et, sinon s'engager de nouveau par une promesse plus positive que la première, du moins rassurer Jeanne à l'aide de paroles ambiguës qu'elle prendrait pour un consentement.

Il lui fut impossible de prononcer un mot, d'articuler un son... — Il étouffait, et, dans le paroxysme de son agonie morale, il lui semblait sentir vaciller sa raison.

— Pourquoi ce silence? demanda la comtesse. — Tu n'as pas le droit de refuser, tu le sais bien... j'ai ton serment. Raoul, réponds-moi...

M. de Gordes se dégagea doucement de l'étreinte qui l'enlaçait... — Il replaça sur l'oreiller la tête blonde de Jeanne, et comme elle répétait encore : « *Raoul, réponds-moi! réponds-moi donc!* » il se précipita hors de la chambre ainsi qu'un homme frappé de folie soudaine...

— Il a juré sur l'honneur... — murmura madame de Gordes. — Il n'osera point se parjurer quand je serai morte...

Immobile et l'oreille au guet derrière les pans de la tapisserie, Renée avait tout entendu.

Un sourire d'orgueilleux triomphe illumina son visage sombre.

— Voilà pour mes projets un secours bien puis-

4

sant et bien inattendu ! se dit-elle. — J'ai ma sœur
dans mon jeu, le succès est certain ! — A présent
il faut en finir ! — Dans huit jours, Raoul sera
veuf...

Au moment où s'achevait l'entretien auquel nous
avons fait assister nos lecteurs, une calèche s'arrêtait devant le perron du château, et madame de la
Tour-du-Roy descendait de cette calèche.

Interrogé par elle, le valet de chambre qui lui
ouvrait la porte du vestibule répondit :

— Rien de nouveau, madame la marquise ; la situation ne s'est modifiée d'aucune manière... Monsieur le comte est dans l'appartement de Madame...

Ce domestique se trompait, car en traversant un
des salons du rez-de-chaussée, Lazarine stupéfaite
vit Raoul assis ou plutôt accroupi sur une chauffeuse, la tête entre ses mains et pleurant.

Et elle alla vivement à lui.

— Mon frère, — s'écria-t-elle, — qu'y a-t-il ? —
Votre attitude m'épouvante... — Un malheur est-il
arrivé ?...

Le comte écarta ses mains frissonnantes, montra
son visage livide et ses paupières rougies.

— Non, ma sœur..., — balbutia-t-il d'une voix
éteinte. — Jeanne n'est pas morte... mais elle sait
qu'elle va mourir...

— Elle vous l'a dit ?

— Elle me l'a dit...

— Mais comment? à quel propos ?... — reprit la marquise. — Que s'est-il passé entre vous ?... Ne me cachez rien, je vous en supplie...

M. de Gordes ne résista pas à la prière de Lazarine. — Il lui raconta ce que nous savons.

La marquise, saisie d'une émotion profonde, écouta ce récit navrant.

— Cela devait finir ainsi... — murmura-t-elle ensuite. — L'idée fixe qui la dominait et qu'elle ne m'avait point déguisée conduisait fatalement notre chère Jeanne à la résolution qu'elle a prise!... — Pauvre enfant!... Pauvre cœur brisé!... — Quelles souffrances et que de courage!... — Avez-vous promis d'obéir?

M. de Gordes secoua la tête.

— Il faut promettre.... — continua Lazarine. — Il faut donner à notre chère mourante cette consotion suprême....

— Mais à quoi bon? — répliqua le comte. — La promesse que Jeanne demande, je ne pourrais la tenir...

— Pourquoi?

— Rénée m'inspire une affection profonde, mais il me serait impossible de voir en elle autre chose qu'une sœur....

— Eh ! Jeanne le sait bien, et sa sécurité vient de là ! — s'écria Lazarine. — Ce n'est pas votre amour qu'elle veut pour Rénée, c'est votre nom, rien que votre nom, afin qu'une autre ne le prenne pas en prenant aussi votre cœur.... — Mon frère, soyez généreux.... — Laissez-moi dire à Jeanne que vous consentez....

M. de Gordes hésita d'abord, puis, baissant la tête, répondit :

— Allez, ma sœur, puisqu'il le faut, et que votre volonté soit faite !....

Xavier de MONTÉPIN.

—▶—✶—◀—

LA CHANSON DES BLONDES

Provençaux, le soleil d'ici
Ne fait pas que des filles brunes ;
Nous avons des blondes aussi,
Et j'en veux nommer quelques-unes :
Parmi notre mourvéde noir,
Le blanc muscat, — voyez — abonde ;
Du muscat blanc mis au pressoir
    La liqueur est blonde !

Le soleil d'ici, bien que dur,
Ne brunit pas toutes nos filles :
Voyez nos gerbes de blé mûr,
Qui sont blondes sous les faucilles !
Et toi qui bénis la chaleur,
Cigale, ô chanteuse féconde,
Ton ventre a la même couleur
    Que la moisson blonde !

Le soleil qui blondit nos blés
Ne hâle pas toutes nos belles :
Dans nos oliviers contemplez
Les vertes olives nouvelles :
Novembre les noircit, d'accord !...
A la cueillette tout le monde !
On les écrase; et l'huile en sort,
    La belle huile blonde !

Notre beau soleil réchauffant
Ne brunit pas tout ce qu'il touche :
La mer est une belle enfant
Qui chante, bercée en sa couche.
Le soleil vient, dès son réveil,
Caresser sa poitrine ronde :
La mer aux yeux bleus, grand soleil,
    C'est ta reine blonde !

Jean AICARD.

LE TROMBONE DE SCHWALBACH

L'hiver de 1847 fut particulièrement rigoureux ;
la bise souffla constamment âpre et rude à l'angle
des rues ; il y eut souvent de la neige sur les toits et
de la glace dans les ruisseaux.

Un matin du mois de janvier, vers midi, Robertin
— un vieil employé de la poste restante — venait de
prendre place devant le casier où se trouvaient
rangées, par ordre alphabétique, les lettres dont la
distribution lui était confiée, quand une main timide
se mit à gratter discrètement contre la cloison du
sombre couloir qui servait alors de salle d'attente au
public.

Robertin ouvrit brusquement le guichet; et presque aussitôt apparut, dans le cadre étroit du vasis-
tas, une longue tête anguleuse, famélique, éclairée
de deux yeux bleus et nimbée de cheveux, jaunes
à force d'être blonds.

Pendant que Robertin examinait le singulier personnage, ce dernier s'était redressé et lui présentait son torse efflanqué et bizarrement accoutré.

Il était vêtu d'une vaste *polonaise* aux brandebourgs effiloqués, d'un pantalon gris-clair collant sur ses jambes grêles, et il portait des bottes éculées, dont les retroussis éraflés dissimulaient imparfaitement les nodosités de ses genoux cagneux ; enfin, sous son bras gauche, se balançait un vieux trombone, bossué, vert-de-grisant, éploré, qui racontait toute une navrante histoire de luttes désespérées aboutissant à une misère désormais résignée.

C'était triste non moins que grotesque : il se dégageait de ce pauvre diable un air d'humble douceur et de mélancolie douloureuse, et Robertin, tout cuirassé qu'il fût, en demeura troublé et hésitant.

— Que voulez vous ? demanda-t-il d'un ton brusque.

— Pardon, meinher, répondit l'homme au trombone, avec un fort accent alsacien, je suis Zimmermann... et je voudrais savoir...

— Vous attendez une lettre...

— Oui, meinher.

— De quel pays ?

— De Schwalbach.

Robertin fouilla d'un doigt rapide la case qui était devant lui, et en tira une lettre énorme, au papier pesant, dont l'adresse, d'une écriture variée, était ainsi libellée :

Monsieur, Monsieur
Zimmermann, artiste musicien
de la commune de Bischwiller
du canton de Schwalbach en ce
moment
                                    A PARIS
POSTE RESTANTE

En tout sept lignes, dont les deux dernières, manifestement tracées par une main inexpérimentée, s'étalaient avec l'orgueilleuse et naïve prétention d'un modèle d'école communale. Sur la suscription, le fisc avait apposé le chiffre 12, ce qui voulait dire que la lettre, n'ayant point été affranchie, ne serait délivrée au destinataire que contre paiement de un franc vingt centimes.

Robertin tendit la lettre à Zimmermann, qui se mit à en lire l'adresse avec attention. Cela dura deux bonnes minutes, au bout desquelles il la rendit à l'employé.

— Ce n'est donc pas pour vous? demanda ce dernier étonné.

— Non, meinher.

— Mais il n'y en a point d'autres à votre nom.

— Eh bien ; je reviendrai…, répondit le musicien ambulant.

Et, saluant du geste, il gagna la porte, et disparut.

Quand Robertin le revit au bout de quinze jours, il l'avait presque oublié. Une seconde lettre était arrivée dans l'intervalle : machinalement, à l'appel du nom de Zimmermann, il la prit et la présenta à l'homme au trombone.

C'était toujours le même papier, grossier et lourd : la suscription était rédigée de la même façon, avec la même variété d'écriture…

Comme la première fois, Zimmermann se livra à un examen minutieux de l'adresse, et finalement, rendit la lettre à Robertin, en déclarant qu'elle n'était pas pour lui.

Puis il s'inclina de son air toujours triste et doux, et se retira.

Deux semaines s'écoulèrent avant qu'il reparût ; mais durant ce laps de temps Robertin avait eu le temps de réfléchir.

Robertin n'était point un méchant homme, seulement il n'aimait pas qu'on se moquât de lui.

Or, un soupçon lui était venu à propos de l'homme au trombone : vaguement, il flairait une mystification, et ne voulant pas être pris pour dupe, il s'était promis d'en avoir le cœur net à la première occasion.

L'incident eut lieu un dimanche, vers huit heures du matin.

Quant Zimmermann se présenta, ce jour-là, il n'y avait encore personne dans le couloir.

Selon son habitude, il frappa doucement contre la cloison, et après quelques secondes d'attente, il allongea la tête à travers le guichet.

Robertin l'attendait.

— Qui est là ? demanda-t-il avec sa brusquerie ordinaire.

Le visage de l'homme au trombone s'éclaira d'un sourire à faire pleurer.

— C'est moi ! Vous savez... meinher... répondit-il je viens voir.

— Il n'y a rien pour vous.

— Rien ?... pardon... vous ne me reconnaissez peut-être pas ? je suis Zimmermann.

— Eh ! je le sais bien...

— Mais il est impossible..,

— Il y a bien une lettre de Schwalbach, interrompit Robertin ; seulement, comme vous avez refusé les précédentes, qui portaient la même adresse, il est inutile que je vous présente celle-ci.

Une pâleur livide envahit, à cette réponse, les traits de l'Alsacien.

Sa lèvre eut une contraction douloureuse, et deux grosses larmes voilèrent ses bons yeux bleus.

Robertin fut sur le point de se laisser toucher, mais il se raidit et tint bon.

— Alors vous ne voulez pas me montrer la lettre, insista Zimmermann d'une voix lamentable.

— A quoi bon !

— Cependant...

— En voilà assez ! je n'ai pas de temps à perdre... vous repasserez une autre fois.

Et Robertin fermait déjà le guichet, quand il s'arrêta stupéfait et glacé.

Du fond du couloir, un sanglot déchirant venait de se faire entendre ; le malheureux trombone avait pris sa tête dans ses deux mains, et réfugié dans un coin, il pleurait à chaudes larmes.

— Eh bien ! qu'y a-t-il ? fit Robertin qui se précipita vivement vers lui ; qu'avez-vous ? parlez — que signifie ?

Zimmermann releva le front, et à travers les larmes qui baignaient ses joues creuses, il s'efforça encore de sourire.

— Pardonnez-moi ! pardonnez-moi ! balbutia-t-il. C'est plus fort que moi. Je n'y tiens plus...j'aime mieux tout vous dire !... voyez-vous... je suis de Schwalbach... j'ai dû partir de mon pauvre village parce que nous serions morts de faim, ma chère petite Gretchen et moi. Vous ne savez pas : Gretchen est une bonne brave fille de là-bas ; quand nous nous sommes mariés, elle avait dix-sept ans ; moi, vingt-deux — il y a sept ans de cela. — Pendant longtemps, nous avons été bien heureux... Nous n'étions pas riches, mais je joue assez bien du trombone ; on me demandait à droite et à gauche, dans les fêtes ; je rapportais toujours de quoi manger, et la petite famille s'augmentait, chaque année, tantôt d'un garçon, tantôt d'une fille. Ah ! si vous pouviez les voir ! les beaux chérubins — les filles surtout ! — Gretchen, elle, aime mieux les garçons — mais moi ! —mon Dieu, je ne vous ennuie pas au moins ? si vous le voulez, je ne dirai plus rien — du reste, j'arrive au bout — cela ne pouvait pas durer ; il y eut bientôt neuf bouches à nourrir et ce que je gagnais ne suffisait plus... on n'a pas besoin qu'on vous dise ces choses-là : Gretchen ne mangeait plus ; elle se cachait de moi, pour se priver ! quand je découvris cela, je passai toute la nuit à pleurer, et dès le lendemain mon parti fut pris. Mais venir à Paris n'était rien ; le plus difficile c'était de quitter Schwalbach ! Vous comprenez, n'est-ce pas : ne plus voir ma Gretchen, ne plus embrasser les beaux enfants qu'elle m'avait donnés... Il n'y a pas de courage qui tienne. — Et puis, une fois séparés, comment avoir de leur nouvelles ? Les occasions sont si rares, et les ports de lettres si chers ! Alors nous avons imaginé un moyen qui devait tout arrranger. Vous avez vu la suscription des lettres que j'ai reçues, et vous avez dû remarquer qu'elle comporte sept lignes chacune d'une écriture différente. Toute la famille y a contribué, chacun y a mis la main, depuis les grands jusqu'aux deux derniers. Comme cela il me suffit de lire l'adresse pour voir que tout le petit monde se porte à merveille et pense à moi. Quant à la lettre même, est-ce que j'ai besoin de savoir ce qu'il y a dedans !.. Elle contient le cœur tout entier de ma Gretchen, et ce cœur-là sera toujours à moi... Voilà tout : et maintenant vous me pardonnerez, n'est-ce pas, meinher, et je suis bien sûr que vous ne voudrez pas désespérer un pauvre père qui n'aime au monde que sa Gretchen et ses enfants !

Robertin fit, en cette circonstance, ce que certainement tout autre eût fait à sa place ; il s'empressa de communiquer à Zimmermann la lettre dont la suscription disait tant de choses, et, pendant tout l'hiver de 1847 le malheureux put, sans bourse délier, recevoir des nouvelles de sa nombreuse famille.

L'anecdote finit-là... mais je ne puis résister au

désir d'y ajouter un dernier trait qui est, en quelque sorte, le mot de la fin.

Ce que j'avais éprouvé à l'aveu de Zimmermann, me dit Robertin, en achevant son récit, est certainement une des meilleures émotions de ma vie ; mais ce qui me toucha plus profondément encore peut-être, c'est ce qui arriva le lendemain...

— Le lendemain ?

— On n'a pas idée de ça.

— Qu'arriva-t-il ?

— Je venais de me lever : il était huit heures environ, et j'achevais ma toilette pour me rendre au bureau, lorsque tout-à-coup, dans la cour de la maison que j'habitais, j'entendis...

— Quoi donc ?

— Devinez !... Eh bien, j'entendis le prélude d'une romance populaire, exécuté sur le trombone.

— C'était Zimmermann !

— Vous comprenez... le pauvre diable voulait me remercier de la bonté que je lui avais témoignée... et il n'avait rien trouvé de mieux que de me donner une aubade à sa manière.

Pierre Zaccone.

LE VASE BRISÉ

Le vase où meurt cette verveine
D'un coup d'éventail fut fêlé ;
Le coup dut l'effleurer à peine,
Aucun bruit ne l'a révélé ;

Mais la légère meurtrissure,
Mordant le cristal chaque jour,
D'une marche invisible et sûre
En a fait lentement le tour.

Son eau fraîche a fui goutte à goutte ;
Le suc des fleurs s'est épuisé.
Personne encore ne s'en doute :
N'y touchez pas, il est brisé.

Souvent aussi la main qu'on aime
Effleurant le cœur le meurtrit,
Puis le cœur se fend de lui-même,
La fleur de son amour périt.

Toujours intact aux yeux du monde,
Il sent croître et pleure tout bas
Sa blessure, fine et profonde :
Il est brisé, n'y touchez pas.

SULLY-PRUDHOMME.

LA MORT D'ALCIBIADE

Les desseins secrets de Cyrus le Jeune, qui faisait recruter en Grèce une armée de mercenaires hellènes pour aller combattre son frère aîné, Artaxercès Mnémon, sacré roi de Perse depuis la mort de Darius Nothus, n'échappaient pas à Alcibiade. L'Athénien comptait livrer ce secret à Artaxercès, mériter ainsi sa reconnaissance et en profiter pour engager le roi à combattre les Lacédémoniens, qui avaient prêté leur aide au rebelle Cyrus. Les Lacédémoniens vaincus par les Perses, Athènes se soulevait, et Alcibiade y rentrait triomphant. C'était un rêve, mais Alcibiade avait fait des rêves tout autrement impossibles qui pourtant s'étaient réalisés. Déjà Pharnabase, sollicité sans trêve par Alcibiade, auquel il ne savait rien refuser, lui avait donné un sauf-conduit pour aller à Suze ; déjà Alcibiade, aussi confiant dans l'avenir, aussi entreprenant que jamais, se préparait à se mettre en route.

Ce fut vers cette époque (automne de 404 av. J.-C.) que Lysandre reçut en Thrace la lettre par

5

laquelle les Trente demandaient la mort d'Alcibiade. Lysandre ne daigna pas répondre aux
Trente. Les Tyrans s'adressèrent à Sparte. Les
Ephores sacrifiaient tout au bien de l'Etat. Ils
redoutaient Alcibiade autant que le craignaient les
Trente eux-mêmes, et ils savaient que le meurtre
de l'Alcméonide serait une vengeance chère au roi
Agis. Une scytale portant l'ordre de livrer Alcibiade mort ou vif fut expédiée à Lysandre. On ne
discutait pas avec un message du tout-puissant
Conseil ; Lysandre dut obéir. Il transcrivit la scytale et la fit passer à Pharnabase, dans le gouvernement duquel il savait qu'Alcibiade avait trouvé
asile. Une note de Lysandre, jointe à la copie de la
scytale, disait que si le satrape se refusait à accé-
der au désir des Ephores, l'alliance entre la Perse
et Lacédémone serait considérée comme rompue.

Le satrape hésita d'abord. En tuant Alcibiade, il
craignait moins de commettre un assassinat que de
violer les droits sacrés de l'hospitalité. La note
comminatoire de Lysandre triompha pourtant de
ses scrupules. Il chargea son oncle Magée et son
frère Sysamithrès de la sinistre mission de mettre à
mort Alcibiade.

L'automne s'avançait; Alcibiade était déjà en
chemin pour l'intérieur de l'empire. Ses traces

d'ailleurs étaient faciles à suivre. Il avait pris la route la plus directe de Daskylion à Suze, et il voyageait à petites journées, accompagné de Timandra et d'un seul esclave, un Arcadien, qui ne l'avait jamais quitté.

Les deux Perses atteignirent Alcibiade dans un bourg de Phrygie, situé entre les villes de Synnada et de Métropolis et nommé Mélissa. Quoique leur escorte de cavaliers fût assez nombreuse, ils se firent secrètement reconnaître comme envoyés du satrape à quelques habitants de Mélissa, les sommant de leur prêter main-forte. La réputation de vaillance d'Alcibiade avait même pénétré au centre de la Perse. Si grand était l'effroi qu'il inspirait, que tous ces hommes ensemble n'osèrent pas l'attaquer. L'un d'eux se glissa dans la maisonnette où il logeait et lui déroba son épée. Puis on attendit la nuit. Après le soleil couché, Alcibiade s'endormit, l'âme agitée de mauvais pressentiments. La veille et l'avant-veille, il avait eu des songes étranges qui l'inquiétaient. Il avait rêvé que, vêtu des plus riches habillements de Timandra, il était étendu sur les genoux de cette femme qui lui peignait les cheveux et lui fardait le visage. Dans un autre rêve, il avait vu Magée, qu'il avait connu à Daskylion, qui lui tranchait la tête.

A la nuit noire, les meurtriers arrivèrent. Pour la seconde fois, ils reculèrent à l'idée d'engager une lutte corps à corps avec Alcibiade. Ils amassèrent des feuilles sèches et du bois mort autour de la maison et ils y mirent le feu. Ces misérables n'avaient pas même le courage d'assassiner Alcibiade; ils voulaient le brûler dans son sommeil.

Le bruissement de la flamme et la fumée qui l'étouffe réveillent Alcibiade. Il saute du lit. A la lueur de l'incendie, il aperçoit les hommes armés de Magée. Son premier mouvement est de chercher son épée; ne la trouvant pas, il saisit le poignard de son esclave. Alors, devant lui, il jette hardes et couvertures, afin d'étouffer pour un instant l'ardent brasier qu'il a à traverser, et, le poignard à la main, un manteau de laine roulé autour du bras gauche en guise de bouclier, il s'élance hors de la maison embrasée. A la vue de cet homme qui, surgissant demi-nu et menaçant d'une mer de flammes, semblait plutôt quelque divinité guerrière qu'un être humain, les Barbares furent pris de terreur. Tous s'enfuirent. Mais ils s'arrêtèrent à une certaine distance, firent volte-face, et, de loin, couvrirent Alcibiade d'une nuée de flèches. Alcibiade marcha contre eux. A une nouvelle volée de flèches, il s'arrêta, chancela et tomba transpercé.

Lorsque les émissaires de Pharnabase virent Alcibiade étendu sans mouvement, ils s'avancèrent avec précaution ; puis, bien certains qu'il était mort, ils s'approchèrent de lui et lui coupèrent la tête pour la porter au satrape. Cela fait, abandonnant leur victime aux chiens errants et aux oiseaux de proie, ils se sauvèrent comme des voleurs.

Timandra et l'Arcadien, qui avaient réussi à échapper au feu, avaient vu cette horrible scène. Les Perses enfuis, ils coururent auprès d'Alcibiade. Le songe de l'Alcméonide se réalisa : sa maîtresse lava et parfuma son corps, et elle l'ensevelit dans ses plus belles robes. L'incendie durait encore. Aidée par l'Arcadien, Timandra eut le courage de porter le cadavre jusque dans les flammes. Mort, Alcibiade eut pour bûcher funèbre la maison embrasée où il devait être brûlé vivant.

Henry HOUSSAYE.

A MA MÈRE

Eh bien, oui ! si puissant que soit le ridicule,
Si mauvais air qu'on ait de bien parler de soi,
C'est assez qu'on hésite, et trop que l'on recule,
Lorsque l'orgueil est juste et que le cœur est droit.
Oui ! cette femme, au cœur français, à l'âme fière,
Qui mena vaillamment ses deux fils aux combats,
Oui ! cette femme-là, cette femme est ma mère,
Et c'est mon frère et moi qu'elle a créés soldats.

Quels sarcasmes d'ailleurs effraieraient ma franchise ?
Ceux-là seuls me liront pour lesquels seuls j'écris ;
Et mes vers ne vont pas, comme un jouet qu'on brise,
Des mains des esprits forts aux mains des beaux esprits.
Non, non ! tous ces récits pleins de deuils et de larmes,
Moins écrits que pensés, moins pensés que vécus,
S'en vont toujours tout droit, marchant toujours en armes,
De ceux qui sont conquis à ceux qui sont vaincus.
Et c'est devant ceux-là, mère, que je t'honore,
Devant eux qu'à genoux je tends vers toi les bras,
Et que, d'un accent fier comme un clairon sonore,
Je viens jeter ton nom, ma mère, à mes soldats.
Je veux leur révéler ton cœur et ton courage.
Ils disent que tes fils ont fait tout leur devoir :
Le devoir qu'il ont fait, mère, c'est ton ouvrage,
L'honneur qu'ils en ont eu, c'est toi qui dois l'avoir.

Ils ne sont pas partis furtifs pour les batailles,
S'arrachant sans adieux à des bras révoltés,
Ils ne t'ont point volé le sang de tes entrailles,
C'est toi, mère, c'est toi, qui leur a dit : « Partez !
» Partez, ils sont vaincus les soldats de la France !
» Mon cœur pour conquérir ne vous eût pas prêtés,
» Ce n'est plus la conquête, enfants : c'est la défense.
» Le sol est envahi, je vous donne : partez ! »

Hélas ! si tous les fils étaient partis de même ;
S'ils étaient tous partis les fils, même autrement !
Mais à combien, sans voir l'horreur de leur blasphème,
Les mères ont soufflé : Ne te bats pas, crois-m'en !
Et combien les croyaient qui n'étaient pas crédules !
Ah ! pauvre armée ! on va t'insultant à l'envi,
On dit que tu trahis, lorsque tu capitules :
Comment dis-tu qu'ont fait ceux qui n'ont pas servi ?

Certe, il en est venu que leurs mères en larmes
Avaient éperdûment bercés dans leurs frayeurs ;
S'ils furent bons Français malgré les cris d'alarmes,
Ah ! comme un cri d'espoir les eût rendus meilleurs !
Quel souffle ardent aurait transfiguré leur être !
— Quand les cœurs sont vaillants, les corps sont aguerris.
Comme ils auraient marché, lutté ! vaincu peut-être !...
Ah ! que de vrais soldats les mères nous ont pris !

Et qu'elles ne croient pas que vraiment maternelles
Leur faiblesse du moins s'est payée en amour :
Les larmes du départ n'ont pas coulé sur elles;
Elles n'ont pas connu les larmes du retour.

Qu'elles ne disent pas, qu'elles n'osent pas dire,
O ma mère, insultant ta tendresse et ta foi,
Qu'en nous faisant soldats tu n'étais pas martyre,
Que tu nous a donnés sans rien donner de toi.
Hélas ! c'est à te voir tant souffrir, pauvre femme,
Que j'entrevois quel deuil cachaient tous tes efforts ;
Tes deux enfants partis t'avaient emporté l'âme,
Tes deux enfants blessés auront brisé ton corps.

Et voilà que vieillie et qu'infirme avant l'heure,
Ta main tremble à jamais qui n'a jamais tremblé ;
Voilà qu'encor plus haute et que toujours meilleure
L'âme seule est debout dans ton être accablé...
Tu sentais tout cela pourtant à l'heure sainte
Où tes yeux dans nos yeux mettaient ta volonté,
Tu le sentais sans peur, tu t'en ressens sans plainte,

Et c'est pourquoi j'en puis parler avec fierté.

Paul DÉROULÈDE

LA MORT DU MARQUIS

C'était en l'an II, par un jour froid de pluviôse.
Point de soleil, une bise aigre, avec quelque chose
de spongieux dans l'atmosphère, qui donnait la
chair de poule et gelait les os. Les passants vont
d'un pas rapide sur les pavés et s'arrêtent, glissant
dans la boue qui s'attache aux pieds comme la
glaise des cimetières. On est mal à l'aise, pénétré
jusqu'à l'âme et de mauvaise humeur.

Les condamnés du tribunal révolutionnaire allaient avoir, ce jour-là, mauvais temps pour mourir.

Le matin, Pierre Remoret, l'aide de Sanson,
était sorti de la maison qu'il partageait avec son
maître, rue Neuve-Saint-Jean, nº 11, et était allé à
la Conciergerie chercher les ordres de Fouquier-
Tinville. Tout en causant dans ce long couloir, qui
mène aujourd'hui à la cour d'assises et à la cour de
cassation (la cour de cassation était alors le tribunal révolutionnaire), Fouquier avait fixé l'heure de
l'exécution et désigné le nombre de voitures qu'il
fallait préparer. C'était ainsi chaque matin.

En pluviôse an II, les exécutions se faisaient encore sur la place de la Révolution. Bientôt on allait

transporter l'échafaud à la *Barrière-Renversée* (ci-
devant Barrière-du-Trône). Les charrettes des condamnés sortaient de la Conciergerie par cette porte
à l'aspect sombre qui donne sur le quai. C'était
aussitôt un grand cri dans la foule. Les uns les
regardaient passer, les autres les accompagnaient
jusqu'au bout. Ces exécutions avaient, en général,
lieu vers quatre heures de l'après-midi.

A quatre heures, à la fin de janvier, le jour
baisse déjà, mais on peut encore distinguer les
visages dans un cortége qui passe. Il n'y avait
qu'une charrette ce jour-là ; huit condamnés : deux
Allemands, soupçonnés d'espionnage, un garde du
corps, des anciens fermiers généraux, un soldat et
un marquis.

Le soldat — un officier — avait grandi et allait
mourir républicain. Il s'était battu un peu partout,
sur la Loire et sur le Rhin, gagnant ses galons à la
pointe de sa baïonnette, et ses épaulettes à la pointe
de l'épée. On l'avait vu aux côtés de Westermann,
en Vendée, faire des prodiges. Un rapport — peut-
être une erreur — le jetait à l'échafaud. Il se tenait
tête haute, et, debout au-dessus de la foule qui le
regardait et criait, il chantait la *Marseillaise*.

Il y avait un des fermiers généraux qui pleurait ;
d'autres priaient.

Le marquis était vieux, et ses cheveux sans poudre avaient blanchi depuis longtemps. Il était le dernier de sa race, ayant perdu son fils unique, tué à l'armée de Condé. Ce fils au tombeau, le marquis avait maintenant hâte d'y descendre à son tour. Mais il eût voulu mourir les armes à la main. Il s'était battu au dix août avec un acharnement terrible, puis il avait gagné le quartier général de Coblentz ; il venait enfin d'être pris au moment où il allait essayer encore de *chouanner*, l'épée au poing. Au tribunal il avait refusé de répondre. Il était de ceux dont on put dire, quinze ou vingt ans après : « Ils n'ont rien appris et rien oublié ». Il voulait, disait-il, mourir intact, sans une concession, sans ce qu'il eût appelé une faiblesse. C'était le passé fait homme et homme d'honneur.

Il était content d'en finir.

La foule criait. Le cortége longeait les quais encombrés ; c'était un fourmillement de têtes, de bonnets de renard et de rubans tricolores, de jupes rayées et de casaquins de couleur.

Un vent glacé passait par dessus la haie de curieux ; une bise aiguisée par la Seine, qui coulait lentement. Le ciel était bas, l'horizon gris. Il y avait, çà et là, se dégageant sur un fond terne, des arbustes grêles, de maigres branches noires et sans vie.

Le marquis, assis et les yeux grands ouverts , regardait la brume.

Il était en chemise, le cou nu, les mains liées. Sa poitrine apparaissait bleuie par le froid sous son jabot de dentelle, et il ne sentait pas, sous la morsure de cette bise, qu'il grelottait, que son visage se marbrait de plaques violettes, et qu'à travers ses lèvres décolorées on voyait se serrant les unes contre les autres, ses dents qui claquaient. Il pensait, il songeait, — laissant le corps trembler, tandis que la pensée allait ailleurs, vers les souvenirs.

Tout à coup, dans le murmure sourd des clameurs d'en bas, un cri distinct le tira de son rêve et le souffleta comme au visage.

— Il a peur!... Regardez-donc celui qui tremble! Il a peur !

De qui parlait-on ?

— A la guillotine, le poltron !

— A la mort, les lâches !

Le marquis comprit tout, d'un seul éclair.

Les autres étaient écrasés, tombaient sur leur banc inertes, morts déjà. Debout, le cou insolent, la face altière, le soldat chantait maintenant le *Chant de départ*. Le marquis seul tremblait. Oui, il tremblait ; toute sa chair se révoltait sous le vent. Il tremblait, le marquis intrépide, et ce n'était encore que de

froid comme Bailly. — Mais la foule qui voulait que
l'on tombât bien, répétait : « Le lâche ! le lâche ! »

Et, pour la première fois, le marquis eut peur.

Mourir ? Peu lui importait, mais il voulait mourir
comme il avait vécu, sans un soupçon de lâcheté,
entêté dans sa foi, déraciné, mais non égrené,
comme un roc. Le vieux monde s'écroulait ; le vieillard voulait disparaître avec lui, et tandis que le
soldat qui partageait le banc de la charrette, saluait
tout en mourant l'aurore qui se levait, le marquis,
tenace, regardait en arrière, et semblait dire au cré-
puscule : « Je te rejoins ! » Mais si rien ne pouvait
entamer cette âme, ce corps était faible, et cette
chair se révoltait sous l'aigre bise. En vain voulait-il
lutter, le froid était le plus fort. Il se redressait,
levant sur la foule son front où les rides continuaient
les blessures, et ses yeux hautains Mais ses dents
claquaient encore, son visage était blême toujours.
La guillotine, ce n'était rien pour le marquis. L'horrible, c'était ce supplice : passer pour un lâche aux
yeux de la foule, laisser ce souvenir à tous : *Le
marquis est mort en tremblant.*

Et sur la route, le même cri continuait, frappant
au cœur le royaliste :

— Il a peur ! A bas les lâches !

On débouchait en ce moment sur la place de la

Révolution. Une rumeur immense, quelque chose comme la décharge que fait une vague en se brisant contre une dune, éclata parmi la foule. On vit onduler autour de la statue de la Liberté, dans les fossés de la place, près des guinguettes établies là, à côté du peuplier patriotique dénudé par l'hiver, la foule des spectateurs, gens de tous rangs et de tous âges, gens de tous partis, enragés ou réactionnaires qui tous les jours venaient autour de l'échafaud entendre la *Messe rouge*.

En ce moment, le regard du marquis rencontra le regard du bourreau.

Qu'y avait-il donc dans les yeux de cet homme qui allait mourir ? Des larmes peut-être, une irrésistible supplication, un effroi qui disait tout, l'horrible souffrance et la peur de la peur.

Sanson ôta lentement l'habit de gros drap cadi qu'il portait ; il s'approcha du condamné et lui jeta le lourd vêtement sur les épaules.

Chaud encore du corps de l'exécuteur, le drap enveloppa la chemise et la chair du vieillard comme une caresse, et à mesure que la charrette avançait dans la foule, le marquis réchauffé tremblait moins. La chaleur revenait ; le frisson, ce frisson qu'ils prenaient pour de la terreur disparaissait, et le froid vaincu laissait l'âme libre.

Et le marquis, redressant maintenant sa haute taille, pouvait montrer comment on sait mourir.

Au pied de l'échafaud, il fallait attendre.

Le marquis vit monter les uns après les autres ses compagnons du dernier voyage, — les fermiers généraux, le garde du corps, les Allemands...

Le soldat monta d'un pas ferme. Au premier échelon, il regarda le marquis :

— Allons, enfants de la patrie ! dit-il.

Le marquis ne le voyait plus, — mais il l'entendait encore chanter là-haut. A la fin du refrain le soldat ajouta :

— Vive la Rép....

Il se tut.

— Vive le roi ! dit le marquis.

Et il monta, promenant sur la foule un regard fier.

Au moment où les aides attachaient l'émigré sur la planchette, Sanson, qui s'était approché, sentit une main chercher la sienne, la saisir, malgré les liens des poignets, et la serrer fortement.

C'était une façon de dire : « Merci ».

Et le bourreau est mort en pensant encore à ce serrement de main du patient qu'il avait aidé à bien mourir.

Jules CLARETIE.

MARGOT

SONNET

I

Monsieur Arthur alla rêver un beau matin
D'avril dans le château d'une tante gothique ;
Il était fatigué de chanter son cantique
Aux Phrynés de carton de l'amour clandestin.

Il en avait assez des robes de satin :
La servante Margot pour causer politique
Monta chez lui, confuse en sa jupe rustique,
Mais portant avec elle une senteur de thym.

« Bonjour ! la belle enfant, vous êtes bien jolie !
» Si j'étais votre amant vous seriez ma folie. »
Il paraît que c'était à l'heure du berger...

Quand vint l'aurore, Arthur, fier de son aventure,
Se mit à la fenêtre et dit à la Nature :
« Quel beau jour ! le printemps neige sur le verger. »

II

Un matin de janvier, aux premières rumeurs,
Une pauvre affolée erre par la campagne,
Le désespoir la suit, la douleur l'accompagne,
Tout à coup elle tombe en s'écriant : je meurs !

Cependant, qu'en son lit, grâce aux songes charmeurs.
Mons Arthur bâtissait des châteaux en Espagne.
La veille il avait bu trop de vin de Champagne
Avec quelque drôlesse au cercle des fumeurs.

Sur la neige, un enfant rose venait de naître.
Margot le mit au monde, en souffrant mille morts,
En ce berceau de neige, en ce lit de remords.

Cependant que Monsieur Arthur, à sa fenêtre,
Souriait au soleil et disait en fumant :
« Quand il neige, vrai Dieu ! que l'hiver est charmant ! »

Arsène HOUSSAYE.

6

MES JARDINS DE MONACO

I

A MONSIEUR LOUIS DESNOYERS

Mai 1856.

Je n'oublierai jamais, mon cher ami, notre première entrevue, car elle fut suivie d'un petit drame littéraire que vous avez toujours ignoré.

Albéric Second, votre collaborateur au *Charivari,* m'avait conduit chez vous tout armé d'un roman de neuf colonnes.

En effet, vous étiez alors inventeur du roman-feuilleton, cette innovation si monstrueuse aux yeux de monsieur Chapuys de Monlaville, et si maltraitée alors par les revues sérieuses, auxquelles il devait faire connaître toutes les douleurs du désabonnement.

Vous professiez les mêmes principes qu'aujourd'hui.

— Pas de mélodrame, — disiez-vous ; — pas de fantaisie non plus. Ce qu'il nous faut, c'est du

drame, de l'intérêt, de l'observation, de la gaîté,
du bon sens, l'étude des mœurs, la satire des ridi-
cules. Vous avez de l'esprit, messieurs, un style
élégant et facile, suivez mon conseil et le public
viendra à vous.

Hélas ! ce bon conseil n'avait rien d'agressif ni de
menaçant, et néanmoins ma figure dut exprimer un
amer désappointement.

A peine sur l'escalier, je dis à Albéric Second
d'un air découragé :

— Que diable suis-je venu faire dans ce feuilleton ?

— Pourquoi cette réflexion misanthropique, mon
cher ? répliqua Albéric tout surpris. — Tu as été
admirablement reçu.

— Admirablement reçu, — m'écriai-je avec désespoir, — quand on me jette à la figure que j'ai de
l'esprit.

— Je ne vois pas trop ce qu'il y a là de contra-
riant.

— Quand on me dit que j'ai le style facile !

— Eh bien ! après ?

— Quand on me conseille d'être l'observateur jo-
vial des mœurs du jour ?

— Quel mal y a-t-il à cela ?

— Mais tu ne sais donc pas, malheureux, que je

viens de remettre à cet ami de l'esprit français une
nouvelle intitulée *Gracioso*.

— Ce titre n'a rien de désagréable, et si le ramage répond à...

— Mais ce Gracioso est un Quasimodo ! mais cette
nouvelle est une chronique espagnole ! mais cette
chronique est plus noire que la scène des cercueils
de *Lucrèce Borgia!* mais le bourreau y coupe *pas
mal* de têtes ?

— Ah ! ah ! ceci est plus sérieux, — dit Albéric
assez affligé. — Est-ce que tu ne pourrais pas
tourner tout cela au comique ? Cela se fait. Au sur-
plus, tu en seras quitte pour écrire une histoire
plus rose et plus drôlatique à l'usage du *Siècle.* En
attendant, allons déjeûner.

Le surlendemain, grâce à vous, je n'avais plus
aucun point de ressemblance avec Calypso ; j'étais
consolé, car vous aviez inséré *Gracioso*, que, trois
mois plus tard, monsieur Saint-Ernest écartelait à
quatre actes de mélodrame, en plein théâtre de
l'Ambigu-Comique.

Quand je dis *plein*, c'est pour faire plaisir à monsieur Saint-Ernest.

Le souvenir de ce petit épisode de ma vie littéraire m'est revenu hier, tandis que je naviguais
sur cette Méditerranée bleue comme de l'indigo et

plus riante que les mers de théâtre agitées par des gamins passés à l'état de Neptune irrités.

Je songeais qu'il me serait impossible d'écrire ici, sous ce ciel enchanté, dans ce pays de contes de fées qui s'appelle Monaco, le moindre roman noir et tragique, comme les *Frères de la Côte*, le *Vengeur du mari*, la *Belle Novice*, les *Mémoires d'un Ange*, ou *une Princesse Russe*, et je me suis décidé à vous envoyer tout simplement quelques impressions de voyage qui n'ont rien de mélancolique.

J'avais visité ce délicieux paysage tout enfant, ainsi que l'a raconté monsieur de Mirecourt dans ma biographie, en exagérant les forfaits diurnes et nocturnes que j'y ai commis, et il était resté daguerréotypé dans ma mémoire.

Je sentais souvent dans mes rêveries le parfum des Algues et de la mousse zoophyte des rochers.

Je revoyais ces haies composées de rosiers, de grenadiers et de lauriers roses gigantesques, bordées de leurs fleurs éclatantes, et ces forêts de citronniers, dont la pomme d'or étincelle en toute saison sur la sombre verdure du feuillage.

Hier encore, il me semblait voir Mignon assise, rêveuse, sous ces arbres charmants et regardant la mer.

Je me trompe : la Mignon de Goëthe et de Ary Scheffer ne rêve que parce qu'elle est atteinte de nostalgie, et elle regrette le soleil, en grelottant sous un gris manteau de brouillard.

L'ennui a besoin de brouillard pour prétexte.

On ne s'est jamais pendu à une branche de citronnier ou d'oranger.

Dans ce petit pays perdu, que le spirituel voyageur monsieur Valery a surnommé une orangerie sur un rocher, Mignon chanterait un air de Rossini et serait heureuse.

« Il est des jours où la beauté seule du climat suffit au bonheur », a dit Stendhal, dans sa vie de Rossini, et il explique à merveille que, pour apprécier complétement la musique italienne, il faut surtout l'entendre en Italie.

Dans cette patrie des nuits embaumées et tièdes, selon un autre critique, le sens nerveux, mollement excité, n'a que faire du *profond* et du *transcendantal :* ce qu'il lui faut, c'est une mélodie heureuse, attrayante, qui berce l'âme en de tendres voluptés, et réponde à l'ivresse édénique où le monde extérieur la plonge.

Les Allemands ont mis la musique dans les nuages, les Italiens la placent sur la terre, en lui donnant pour mission de distraire le pauvre cœur

humain de ses ennuis, et de chasser l'humeur noire
ou les diables bleus.

N'êtes-vous pas de cet avis, vous, mon cher ami,
qui avez rompu tant de plumes en faveur de ce faux
paresseux dont l'œuvre est dix fois plus nombreuse
que celle du laborieux Meyerbeer ?

Dans ces pays aimés du soleil on rêve peu et
on pense encore moins.

Le paysan n'est occupé qu'à regarder les fruits
mûrir, et tomber à terre pour lui épargner la peine
de les cueillir.

Pourquoi s'en étonner ?

La pensée est une fatigue ou une douleur qui a
pour but de raviver en nous l'image d'un Eden fugitif ;
l'idéal du bonheur ou l'extase de la passion. Mais
si l'Eden nous entoure, à quoi bon le rêver ?

Ferons-nous comme cet amoureux qui quittait sa
maîtresse pour aller lui écrire et songer à elle ?

D'ailleurs, l'homme intelligent, exilé dans une
vie matérielle, hors du milieu mobile et actif des
luttes d'esprit, se diminue comme un maître d'armes
au repos ; la nature l'enveloppe et l'absorbe aussi
rapidement qu'elle couvre les terres en friche de
ses végétations luxuriantes et parasites.

Aussi, doit-on vivre un peu beaucoup, à Monaco,
à la façon des plantes.

Je comptais imiter Marius à Minturnes et m'asseoir sur les ruines de Monaco, que je croyais tout au moins démoli par ce furieux tremblement de terre qui a lézardé, éventré et noyé dans la mer tant de maisons, le long de ces côtes qu'on appelle la rivière de Gênes, à cause de l'absence complète de rivière.

Je me souvenais des plaisanteries de monsieur Dupaty et de monsieur Jal, au sujet de Monaco.

D'après ce dernier, cette cité microscopique a l'air d'un de ces joujoux de bois blanc, que sculptent les sabotiers de la Forêt-Noire, et il lui semblait qu'une tuile qui tomberait sur elle de la Turbie l'écraserait.

Eh bien ! le joujou est si bien collé à son vieux rocher, que le tremblement de terre en a été pour ses frais et qu'il a dû se rejeter sur Nice, Menton et Vintimille, afin d'obtenir quelque succès.

J'étais attendu par mon excellente cousine Théodorine Roudeson, et je suis condamné à occuper la plus belle chambre de sa maison, dans la grande rue de Monaco.

C'est une de ces maisons spacieuses, à deux étages, qu'un propriétaire heureux parvient quelquefois à louer quatre-vingts francs par an à un Anglais millionnaire, inventeur d'un cigare sans précédent, et qui veut faire prendre le change à son *spleen* endémique.

De ma fenêtre, je puis allumer mon cigare au *londrès* de mon ami, le notaire Théophile Bellando, qui fume vis-à-vis, à une fenêtre de l'hôtel Villarey.

De mon lit à baldaquin, soigneusement enveloppé d'un moustiquaire, destiné à me préserver d'invisibles moustiques qui ne vivent que sur leur ancienne réputation, je vois une véritable décoration de grand opéra ; ce décor est égayé par des rochers de rez-de-chaussée, que l'habitude de se laver les pieds dans la mer maintient fort propres et fort blancs ; par des rochers d'entresol, embaumés de thym, et qu'ombragent des cyprès, des palmiers, des azeroliers, des figuiers monstrueux, des bois d'orangers, gros comme des marronniers français, enfin, par des rochers de premier étage, couronnés de forêts d'oliviers.

Quant aux mansardes, elles sont occupées par des nuages qui s'élèvent, comme des aigrettes et des panaches de fumée, du creux des montagnes chauves.

Je comprends de plus en plus la chanson de Mignon, sans compter que j'ai sur elle l'avantage d'être propriétaire de trois jardins d'orangers et de citronniers.

Je frémis toutefois en réfléchissant que, dans peu d'années, le chemin de fer de Nice à Gênes filera le long de la grande *Corniche* napoléonienne et déposera peut-être une station à la porte de mes jardins.

Les oranges y gagneront un peu en valeur, mais elles y perdront tout en poésie.

II

On dit que ce pays est pauvre.

Je viens de visiter la *Condamine*, jolie propriété sise sur le port.

Sous des citronniers et des orangers de toute beauté, s'étend un tapis de violettes de Parme qui sont distillées sur place.

Le bien a été vendu soixante-trois mille francs à un Niçois, qui le loue depuis l'acquisition dix mille francs par an à un parfumeur de Grasse, et le parfumeur gagne au marché.

Le blé de la Beauce et de la Brie n'est qu'un petit bourgeois à côté de cette grande et riche dame la violette de Parme.

Cannes a été découvert par lord Brougham, comme Etretat par Alphonse Karr, et ces deux petits pays sont devenus inhabitables pour les poètes depuis l'invasion des millionnaires, auxquels les gens d'esprit semblent servir de fourriers.

L'an passé, j'ai tremblé pour Monaco.

Les gazettes les plus diplomatiques de Vienne annonçaient que les Etat-Unis avaient acheté ce rocher parfumé au prince de Monaco pour s'en faire un Gibraltar de poche.

Les Américains allaient creuser le port à coup de dollars pour y établir une station navale, et les roches pelées allaient se couvrir de villas, de fermes romaines, de châteaux gothiques, de tours mauresques comme il en pousse dans la campagne de Cannes.

Heureusement, le *Moniteur* a pris la peine de démentir la nouvelle.

Cet Eden a d'autant plus de charme, qu'on n'y parvient qu'au prix de quelques obstacles.

Il faut payer son bonheur.

En sortant de Nice, vous montez à la Corniche par une route qui surplombe, comme un pont suspendu et fleuri, une ravissante campagne semée de villas coloriées, de bosquets et de ruisseaux arcadiques dignes d'être illuminés par le pinceau d'un Claude Lorrain.

Les idylles de Gessner semblent s'être donné rendez-vous à vos pieds.

Quand la roche nue remplace la roche festonnée
de roses, de lauriers et de vignes, vous découvrez
la mer avec les golfes de Villefranche et de Saint-
Hospice, et ses rivages dentelés de caps et de golfes
mignards.

De ce gouffre sortent comme par enchantement
des montagnes et de petites villes.

Eza est le dernier point de ce merveilleux pano-
rama : c'est un roc qui annonce les plus heureuses
dispositions pour tomber dans la mer.

Les maisons, cuites au soleil, sont collées comme
des huîtres au rocher et entourées d'une pâle cein-
ture d'oliviers.

Vous dominez, du haut de la Corniche, Villefranche, miniature de ville forte qui dort devant une
baie tranquille due à la nature, sous un ciel bleu
comme l'eau du golfe, avec des maisons blanches
et des citronniers dont la verdure fleuronne un
diadème de rochers noirs.

C'est le Toulon du roi de Sardaigne et de Jérusa-
lem, peuplé de trop peu de pêcheurs et de beaucoup
trop de galériens.

Quant à la péninsule de Saint-Hospice, c'est une
plaine délicieuse, célèbre au point de vue matériel
par les bâtiments de la *madrague* ou de la pêche
au thon, et au point de vue spirituel par la chapelle

du saint, qui s'élève au milieu des caroubiers et des oliviers.

Permettez-moi d'ouvrir ici une parenthèse historique, mon cher ami.

Hospitius, anachorète du monastère de Lérins, remplissait sous Gontran, roi des Francs, en 575, ce rôle d'augure, si maltraité de nos jours par la police correctionnelle sous le nom de somnambule et de magnétiseur.

Il vit de sa cellule les Lombards descendre les Alpes liguriennes pour venir faire un voyage d'agrément dans les Gaules, et avertit le peuple de déployer la plus grande énergie à prendre la fuite ; puis il se chargea d'attendre seul les Lombards pour les convertir par des sermons latins, d'autant plus propres à porter la conviction dans leur âme, qu'ils n'en comprenaient pas un mot.

Aussi les Barbares, subjugués par l'ascendant irrésistible de ce latin d'ermite, tombèrent-ils à ses pieds.

J'arrive enfin à la Turbia (*Turris in via*), où nous voyons encore debout la tour du monument triomphal que le sénat et le peuple romain y firent élever à César-Auguste, vainqueur des peuplades des Alpes.

J'y ai découvert quelque chose de plus curieux :

c'est un lépreux, mais non un lépreux de contrebande.

C'est un échantillon (entretenu aux frais du gouvernement) de cette terrible maladie qui a désolé
l'Europe du moyen âge, et qui m'a inspiré un roman
à la suite de Xavier de Maistre.

Ce lépreux est un objet de curiosité pour les voyageurs, que le dégoût pousse à la libéralité; il est
très-content de son sort, et a donné le jour à quelques enfants destinés à lui succéder dans son métier.

Il est très-gai, et ne devient mélancolique qu'en
parlant des gens de Chiavari.

Ce village lui fait une rude concurrence, et compte
plusieurs familles lépreuses.

Le turbiasque a hâte de voir ses enfants atteindre
leur vingt-cinquième année, âge où la lèpre hérédi-
taire commence à paraître, et où ils n'auront plus à
travailler pour vivre.

La pitié des passants y suppléera.

J'ai dû, à la Turbia, quitter la grande route de
Menton pour descendre et remonter à Monaco.

Adossé à la tour romaine de César, je croyais
voir un grand vaisseau à l'ancre couvert de blanches cabines et immobile sur la mer.

Ce vaisseau, c'était un rocher; ces cabines, les
maisons de Monaco.

Il serait difficile de trouver un aspect plus étrange

que celui de ce rocher chargé d'une ville et hardiment suspendu sur la mer, où chaque crevasse
est un jardin, où chaque trou laisse passer un
vieux figuier noueux courbé sous ses fruits.

Aussi ce coin de terre a-t-il attiré l'attention des
poètes et des géographes, depuis Virgile et Ptolémée
jusqu'à Smolette et Balbi.

Quel collégien a perdu le souvenir du *Portus Her-
culis Monœci ?*

Ce nom, vous le voyez, date de loin ; célèbre en
latin, il a été popularisé en France par une chanson
que l'Empereur aimait à fredonner d'une voix
fausse, et depuis par des sons douteux qui sont
tombés dans le mépris du gamin de Paris.

Deux étymologistes marrons l'on fait dériver de
deux moines (*Monachi*) qui, sur le pavillon natio-
nal de Monaco, tiennent un sabre d'une main et
soutiennent de l'autre cette devise : *Deo juvante.*

Ils se trompent.

Le témoignage de Virgile est confirmé par la dé-
couverte de tombes et de statues antiques rouillées
dans les champs ; le tronçon uniforme de l'une
d'elles représentait l'Alcide ligurien ; un pan de
tour en ciment romain, à l'entrée du port, incrusté
au rocher, et quelques médailles, confirment cette
haute antiquité.

En moins d'une demi-heure, j'ai dégringolé avec
mon premier cousin et compagnon de voyage ,
Charles Rouderon, du haut de la Turbie, par un
sentier inquiétant pour les chèvres, sentier le long
duquel deux casseurs de pierres, imités de Courbet,
font semblant, depuis plusieurs années, de tailler
des escaliers.

Ils ressemblent à ces troubadours qu'on ne rencontre plus que sur les pendules. Ils ne changent
pas de position.

Leur pioche est toujours en l'air, mais elle ne re-
tombe jamais.

Peut-être le prince les a-t-il fait peindre à la fres-
que pour animer le paysage.

J'allais si vite, que mes guides (deux turbiasques
aux pieds nus) me criaient d'un air fort sérieux de
prendre garde de casser des rochers.

Si je leur ai causé des avaries, je demanderai mon
addition au gouvernement.

III

Autrefois, du côté de terre, on ne montait à Monaco que par la rampe escarpée de la citadelle, dont
les ponts-levis se baissaient et se levaient martiale-
ment sur d'immenses précipices.

Aujourd'hui j'ai suivi la grande allée d'acacias qui contourne agréablement le rocher, et je regardais en archéologue les remparts, les demi-lunes, les casemates, le château, les canons de luxe et les boulets d'agrément, empilés avec une coquette symétrie sur la grande place, sous la garde d'une sentinelle piémontaise.

J'appris en arrivant, par mon second cousin Adolphe Rouderon, que notre fougueuse descente de la Turbie avait causé quelque émotion politique parmi les notables, rassemblés sur la place, et qui, armés de longues-vues, avaient étudié avec surprise cette invasion imprévue.

Rassurés par nos explications et par nos passeports, ils nous firent un accueil pour ainsi dire trop cordial, car j'appris que je comptais presque autant de parents parmi eux que le prince comptait de sujets.

J'ai bientôt su d'un troisième cousin que l'armée, autrefois composée d'un peu moins de cent carabiniers, avait été licenciée et réduite à un corps de troupes de huit hommes, préposés au service du port.

Cette mesure n'a pas été, comme on paraît le croire, la conséquence des menaces ou des représentations des puissances limitrophes, alarmées d'un tel déploiement de forces.

7

A la suite de plusieurs révolutions intestines, les communes de Menton et de Roquebrune se sont érigées en républiques, et, depuis, la garde nationale a remplacé l'armée à Monaco pour cause d'économie politique.

Tout le monde ici porte un képi, excepté quand on monte sa garde.

Autrefois le grade le plus élevé de l'armée était celui de lieutenant-colonel des carabiniers.

Aujourd'hui, le général en chef n'a d'autre titre que celui de maréchal des logis.

Pourquoi ? Je ne saurais pénétrer ce mystère !

Cette principauté étant surtout une puissance maritime, vous me demanderez, peut-être, mon cher ami, des renseignements sur l'état de la flotte.

Au moyen âge, Monaco gênait toutes les puissances avec deux canons, quelques soldats armés de hallebardes et un petit navire moisissant dans le port aux frais de l'Etat.

Le vautour fermait complaisamment les yeux quand paraissaient de grands vaisseaux de guerre qui auraient pu tenir tête à son nid de pierre ; mais les galères qui côtoyaient trop timidement le rocher couraient grand risque de se faire foudroyer si elles se faisaient trop prier pour aborder et payer le droit de péage.

Les princes avaient beaucoup de vénération pour cette coutume du bon vieux temps, réminiscence des pirates grecs, auxquels leur rocher avait d'abord servi de refuge, et qui élevèrent un temple à Hercule Monaco.

Le prince battait monnaie et avait son pavillon ; il respectait sincèrement ceux de ses bons cousins les rois de France, d'Espagne et d'Angleterre ; mais les pauvres patrons de Sicile, qui n'avaient pour tous canons que des paniers d'oranges, payaient les frais de la croisière, nonobstant leurs prières à saint Janvier.

Saint Janvier est un saint qui n'aime pas à se déranger de ses habitudes.

Il ne fait de miracles qu'à Naples, et encore une seule fois par an, lorsque la police ne l'en empêche pas.

La singulière et excentrique position de cette ville y a favorisé la baraterie littéraire en même temps que la baraterie maritime.

Les obscénités spirituelles de Baffo et nombre d'autres livres libertins sortirent des presses souterraines de la principauté pour inonder Rome et la Toscane.

Monaco fut pour l'Italie ce qu'étaient pour la France la Hollande et la Bastille, car vous savez que la Hollande servait de chaperon aux honteuses éditions de la Bastille. Je suis allé voir le coucher du soleil sur la place.

Du côté de la mer, le rocher de Monaco, élevé de quarante à soixante mètres, m'a paru inaccessible : les flancs en sont hérissés de nopals (figuiers de Barbarie) et d'aloès dont les sabres épineux sortent des fentes du granit et forment une tapisserie bizarre suspendue sur le gouffre des eaux.

Des oiseaux de proie, des serpents et des lézards peuvent seuls se percher ou ramper au milieu de cette végétation africaine.

Cependant, j'entendais des cris joyeux monter jusqu'à moi.

Je me penchai et vis deux enfants qui s'accrochaient en riant à ces robustes racines.

L'un d'eux était le fils de M. Jacques Coste, ancien directeur du *Temps*.

Ce nom de journaliste me rappelle qu'un journal, et un journal libéral, s'était fondé à Monaco, sous Honoré V, prince absolu, qui se piquait de philanthropie et de doctrinarisme à Paris, et surchargeait d'impôts ses sujets, afin de payer les frais d'impression de ses brochures sur l'extinction du paupérisme.

Ce papier public avait pour titre le *Courrier de*

Monaco, et procurait de nombreuses insomnies au roi de Sardaigne.

Ce dernier demanda au prince la suppression du journal perturbateur, et lui accorda en échange un bataillon pour le protéger contre l'amour importun de ses sujets.

Monaco s'est toujours pris au sérieux comme puissance.

En 1827, le siroco empêcha le roi de Sardaigne d'aller de Nice à Gênes, et, incommodé du mal de mer, il fut obligé de rentrer à Villefranche.

Les deux frégates qui convoyaient le vaisseau amiral étant venues chercher leur roi disparu jusqu'en vue de Monaco, il y eut une échange de fusées et de coups de canon, à la suite desquels les habitants de Roquebrune, surpris de ces signaux inusités, envoyèrent demander aux autorités *avec quelle puissance Monaco était en guerre.*

Ce délicieux pays commence à devenir le Tibur de quelques écrivains.

Mme Charles Reybaud, le marquis de Belloy, Michel Masson, Henri Monnier, Paul Lacroix, M. de Bazancourt, Toppfer, A. Dumas, Paul de Musset, Prosper Mérimée, Alphonse Karr, Abel Rendu, l'ont habité ou visité.

Bosio, le célèbre sculpteur, y est né, mais il rougissait beaucoup de n'avoir pas eu un plus grand berceau.

Lorsque la révolution éclata, Masséna gardait, comme sergent-major, les clefs de la citadelle de Monaco.

Je viens de me promener dans les *bosquets* de Saint-Martin, plantés par ordre du prince Honoré, derrière la caserne, et qui me réconcilient avec son souvenir.

Ce sont de vrais jardins suspendus sur la mer au bord du rocher. Un labyrinthe de pins, de cyprès, d'aloès, de réservoirs, de ronds-points, de sentiers en zig-zag hérissés de figuiers de Barbarie.

Aucune description ne peut rendre cette création fantastique et extraordinaire.

On dirait que l'Afrique a posé sur ce rocher son pied ardent et mystérieux.

Le palmier lance comme un jet d'eau sa colonne d'argent et ouvre son parasol de feuilles grêles.

Le néflier du Japon laisse tomber ses fruits jaunes et acidulés.

Les azeroles et les jujubes pleuvent à terre avec les fleurs d'orangers qui s'y dessèchent.

Mais je vous recommande l'allée des aloès : complaisante et véritable poste aux lettres, c'est la Bourse de la galanterie à Monaco.

C'est non pas l'allée des soupirs, mais l'allée des déclarations.

Pas une des grasses et fortes feuilles d'aloès qui ne soit tatouée de cœurs percés de flèches, d'initiales enlacées, de vers amoureux en diverses langues, d'heures mystérieuses indiquées à des érudits discrets.

Les soldats piémontais utilisent pacifiquement leurs baïonnettes et leurs sabres oisifs à tracer sur les aloès des sonnets aussi passionnés qu'incorrects.

Si mademoiselle de Scudéry pouvait ressusciter, elle retrouverait dans ces bosquets, fréquentés par de furtifs promeneurs, un canton de son royaume du Tendre.

Monaco est une ville de confréries et de processions.

Les trois quarts des habitants vont se rendre aujourd'hui à la chapelle de Sainte-Dévote, patronne du pays, tandis que dix mille estropiés, goîtreux, boîteux, épileptiques, bossus, tordus, paralytiques, qui geignent un miracle, se traînent à Notre-Dame-de-Laguet, dans la montagne, avec l'espoir de suspendre aux murs de la chapelle leurs béquilles devenues inutiles après le miracle.

Un très-petit nombre de ces malheureux appartiennent à la principauté, où l'air est si pur, si sain, grâce à l'absence des marais, des brouillards et des vents froids, que la plupart des habitants ont pris l'habitude de mourir seulement d'indigestion entre quatre-vingt-dix et cent ans.

Le choléra qui a sévi à Nice, à la Turbie, à Menton, et même à cette aire d'aigle qu'on appelle Roquebrune, a toujours respecté Monaco.

Cette vie de Robinson, d'Océanien végétatif, où l'on ne s'enivre que d'air, de soleil, de mer, de brise, de parfums et de fruits étranges, fait des centenaires avec des asthmatiques et des poitrinaires.

Depuis trop longtemps les médecins et les gens du monde envoient, par mode et par routine, les phthisiques mourir à Nice, où les miasmes du *Paglion* et les brusque variations de la température précipitent la fonte des tubercules.

Les côtes méditerranéennes sont loin en effet d'être favorables à la phthisie pulmonaire ; si l'air trop sec et trop vif de Marseille enlève dès l'extrême jeunesse les phthisiques héréditaires, l'air plus chaud, plus mou et plus humide de Nice leur est aussi mortel.

Nulle part la marche de la pulmonie n'est aussi rapide ; elle n'y est pas chronique comme en Suisse, en Alsace et sur les bords de la Saône.

Souvent en quarante jours les hémoptysies se suc-
cèdent, les tubercules suppurent et les poumons se
détruisent.

Si vous voulez des preuves, allez visiter le cimetière des Anglais à la croix de marbre.

Mais l'expérience a toujours tort.

On se battra sans cesse pour avoir de la corde de
pendu.

Nice continuera, malgré l'encombrement de ses
cimetières, à guérir très-radicalement les phthisiques de tous les maux.

Je viens enfin d'aller visiter mes jardins, situés
entre la mer et la route charmante de Monaco à
Menton.

J'en compte trois, enclos d'excellentes murailles,
chose rare, car les propriétés sont étagées par éche-
lons en amphithéâtre, sur les versants des Alpes :
mais je suis en plaine.

Cette plaine pourrait passer à Marly pour un chemin de hallage.

J'ai deux maisons, celle de maître et celle où
mon rentier loge avec sa femme et ses cinq
filles.

Mon château est enrichi d'une chapelle, où les
paysans viennent entendre la messe ; seulement
cette chapelle seigneuriale, due à un de mes ancê-

tres, le cardinal Thyrsus Gonzalès, se composant
d'un cabinet de toilette ordinaire, les paysans doivent rester sur l'escalier ou sous la fenêtre pendant
le service.

Cette chapelle et l'écusson de marbre à nos armes,
une tour et deux tourelles, qui décorait la porte
d'entrée et qu'on a laissé rouler, un peu écorné, au
coin d'une auge en pierre sculptée, donnent à mon
château un air féodal qui m'élève singulièrement à
mes propres yeux.

Je déjeune sous le portique de pierre bleuâtre,
qui court le long de mon premier et unique étage,
et j'apprends que, de là, je puis voir en mer, avant
le lever du soleil, les formes indécises des montagnes de la Corse : mon *rentier* Pietro m'apporte,
au désert, des *merveilles ;* ce sont des citrons bis-
cornus qui ont des têtes, des bras, des jambes, qui
figurent des hommes à queues, comme les rêvait
Fourier, des arbres fantastiques qu'aurait sculptés
Hoffmann, des animaux dignes d'avoir été recom-
posés par Cuvier, toutes les monstruosités des trois
règnes, jusqu'à des Ritta-Christina.

IV

Grâce à ma chapelle de plaisance, je passe pour

millionnaire chez les paysans du canton des Moulins.

Dernièrement, j'avais été fort surpris d'obtenir la même réputation en pleine Brie et de la devoir à mon titre d'homme de lettres.

Je demandai l'explication du miracle, car, jusqu'alors j'avais lu dans tous les bons dictionnaires que le mot *homme de lettres* était synonyme de gueux, mort à l'hôpital, et les noms de Gilbert, Malfilâtre ou Chatterton étaient toujours cités comme preuves à l'appui.

Les mieux partagés étaient morts sur l'échafaud, comme André Chénier et Lacenaire, disaient les escompteurs enrichis par des usures que n'avaient pas prévues l'auteur d'*Harpagon*.

Or, Monsieur Scribe était coupable du susdit miracle.

Il accapare peu à peu toute la Brie et la tasse dans son domaine de Séricourt, qui a le tort de manquer d'horizon et de perspective.

Il y ajoute les plaines aux collines, les forêts aux rivières, les jardins aux lacs, les châteaux aux chalets, les bergeries aux moulins, les kiosques aux tourelles.

Il y occupe plus de bergers et de meuniers, de pêcheurs et de maçons qu'il n'en a créé dans ses

opéras-comiques, de sorte que Séricourt lui coûte
quatre-vingt mille francs par an et lui rapporte mille
écus de rente, tout juste autant que l'art d'élever
des lapins.

Son concierge, hospitalier comme un écossais de
la *Dame blanche*, nous a permis de parcourir ce
parc qui est une agrégation de plusieurs pays et de
voir divers lièvres accrochés aux barreaux des cuisines dans l'espoir du retour du maître, mais il n'a
pas poussé l'hospitalité écossaise jusqu'à nous offrir
une tasse de lait.

A tous les angles du domaine, le châtelain a fait
ériger de petites tourelles moyen âge en ruines
toutes neuves qui portent les traces des assauts et
des incendies qu'elles auraient pu subir, si elles
avaient existé au quatorzième siècle, et des chalets
dont les inscriptions protestent d'une vive et légitime admiration pour la collection complète des œuvres de monsieur Eugène Scribe, de l'Académie
française.

Les bons paysans de la Brie sont curieux, et de-
mandent au concierge de Séricourt quel est le métier de son maître, et le concierge de répondre :
homme de lettres.

Aussi, depuis quelques années, le titre d'homme
de lettres a-t-il remplacé avantageusement celui de

marquis de Carabas dans l'estime des honnêtes fermiers du pays

Jamais, du reste, les littérateurs n'ont ressemblé de plus près à des financiers.

Patrimoine, héritage, pommes d'or du travail ou mariage, la plupart pourraient aujourd'hui bâtir des hôpitaux pour les banquiers ruinés ou faillis.

Balzac et Charles de Bernard sont morts en prospérité de quarante mille livres de rentes.

En voisin, monsieur Milon vient me chercher et me conduit sur ses terres où il me fait admirer des cannes à sucre, des poivriers et des caféiers.

Sa porte est gardée par deux grenadiers... en fleurs et par des palmiers gigantesques.

Je l'invite à dîner, et pour vingt-cinq sols je lui fais servir un dîner qui me coûterait cent francs chez Véry.

La côtelette n'est pas de rigueur.

La viande ne coûte que quatre sols la livre à Monaco, mais elle y est peu connue et encore moins usitée.

Voici le menu : Une pyramide de monstrueux escargots, *un capon di galera* (salmis d'artichauts, de pois, de fèves, d'anchois, de piments et de cœurs de langoustes pilés), un lapin sauté, quatre langoustes pêchées à l'instant, des patelles, un plat de

bianchetti ou nona, gâteau de Savoie à la fleur
d'oranger, oranges secouées de l'arbre, figues,
caroubes et sorbes, vins de muscat de l'année qu'on
rend mousseux avec une cuiller de madère et un
grain d'orge.

Les radis sont grands comme la main et tendres
comme des cerises.

La pêche des *bianchetti* est défendue en France,
car elle dépeuplerait la mer : c'est le frai de toute
sorte de poissons grands comme des vers ; vous
diriez une pâte de vermicelles gélatineuse à l'œil ;
cuit, c'est d'un blanc satiné et d'un velouté exquis
au goût.

Le soir, les vers luisants m'ont servi de lanterne
volantes pour revenir à la ville malgré moi, car, le
matin, j'y suis réveillé par les cloches de toutes les
églises ; le jour, assourdi par les tambours sardes,
et la nuit, les grenouilles des bosquets me donnent
le concert.

Grâce à toutes ces harmonies, sans doute, les habitants ont l'oreille juste et deviennent très-bons
musiciens.

Un état inconnu à Monaco, c'est celui de décrot-
teur, faute de crotte.

La pluie sèche sur le rocher et sur le sable.

Celui de voleur et de mendiant est hors d'usage,

malgré le dénûment de la classe pauvre, qui souffre avec une dignité toute castillane, dans un pays
où un abricotier peut rapporter cinquante francs de
fruits, quoique les fruits s'y donnent et ne s'y vendent pas, comme l'hospitalité écossaise , d'après
M. Scribe.

Quelques vieilles maisons ont conservé leurs armoiries sculptées au-dessus de leurs portes; mais
la race espagnole s'est éteinte.

Des douze familles anoblies par Charles-Quint, il
ne reste guère, outre la nôtre, que les Lancharès et
les Brun.

La Fête-Dieu se célèbre avec une pompe toute
païenne.

Il est à regretter que le bon Dieu soit parfois ré-
présenté par un gaillard qui s'enivre pour se donner
une marche plus majestueuse.

Comme les tapis Sallandrouze sont inconnus
dans ce pays peu novateur, on en déploie à l'église
de très-magnifiques, où s'enlacent des roses, des
genêts, des jasmins, dont les couleurs sont d'autant plus éclatantes que ce sont des fleurs natu-
relles.

On va au bal du prince en voiture, quand, par
hasard, il pleut ; il y a ordinairement cinquante dames invitées ; cela fait cinquante courses pour l'uni-

que voiture qui représente la haute et la basse carrosserie monégasque.

Tout cela n'empêche pas que la verdure des citronniers ne soit perpétuelle et qu'on ne cueille leurs pommes d'or tous les mois.

Cette incessante fécondité n'est-elle pas chose merveilleuse ?

Il faut voir les paysannes marcher pieds nus (et ces pieds lavés par la mer sont toujours blancs comme le marbre), portant sur leur tête des paniers de cinq cents citrons, qui semblent moins les gêner que nos chapeaux tromblons, et elles tricotent en marchant.

Une autre précaution introduite par quelques dames riches contre les rigueurs d'un hiver apocryphe, c'est d'orner leurs chambres de fausses cheminées qu'elles contemplent dans l'hiver, dès qu'il fait un peu moins chaud.

Notez que le pays est toujours vert, même et surtout en janvier.

Si j'avais pu décider ma chère et sainte mère et ma pauvre tante Jeannette Gérard à quitter Paris pour Monaco, leurs poumons ne se seraient pas paralysés sous l'influence d'une bronchite opiniâtre, et, sans nul doute, elles vivraient encore pour aimer mes enfants.

Le citronnier exige une température plus élevée et plus constante que l'oranger, quoique ces deux arbres soient indigènes des Alpes-Maritimes, et il ne réussit à Nice que cultivé en espalier, contre les murs exposés au midi, tandis qu'il prospère en plein vent à Villefranche, Monaco, Roquebrune, Menton, et quelques autres vallons bien abrités par les montagnes qui bordent la mer.

Ses fruits sont plus abondants et plus beaux de novembre à avril.

On en cultive neuf espèces : le citron commun (beguet ou limon), le citron long, le valence, le portugal, le limette, petit fruit d'un acide doux et agréable à manger, et le limon poirette, le melarosa, le cédrat de Florence, le boncire.

Ces quatre derniers sont très-bons à confire et contiennent une essence très-fine.

Quoique le citronnier fleurisse toute l'année et que la récolte de ses fruits soit presque incessante, on ne compte cependant trois principales, dont les deux premières, qui ont lieu en hiver et au printemps, s'appellent récoltes de la première et de la seconde fleur, et la troisième, celle d'été, se nomme *verdame*.

Un des gros négociants de citrons de Menton, M. Vial Blovès, m'a fait accepter un excellent dîner

8

sous le prétexte obligé que je suis son cousin, et m'a montré son atelier de quarante ouvrières occu- pées, à dix sols par jour, à faire six choix successifs des oranges et des citrons, à les envelopper dans un papier spécial, et à les encaisser adroitement, de façon qu'ils ne puissent ballotter et s'avarier.

Il faut aux citrons un papier qui ne les laisse pas transpirer, qui ne les sèche point, qui n'absorbe pas l'humidité extérieure et qui ne se déchire pas faci- lement.

Ce papier, fabriqué à Gênes, très-uni, d'un gris roux, ayant l'odeur du goudron, est préparé avec la filasse de vieux morceaux de câble et autres cor- dages de navire qui ne servent plus ; ses qualités tiennent au goudron dont il est imprégné.

Les citrons de rebut, qui n'ont pu être vendus aux fabriques de rouge végétal et aux teinturiers, servent de fumier.

Je vous citerai, parmi les nombreuses variétés d'oranges, la bigarade, la cerestis, la bergamotte, la chinoise, la bouquetière, la pomme d'Adam, d'une grosseur monstrueuse, etc.

L'oranger fleurit en avril et termine sa floraison en mai, temps propre à distiller la fleur, qui est trois fois plus abondante que ne l'exige la fructifica- tion ; aussi, tombe-t-elle naturellement, quand on n'a pas secoué l'arbre pour en hâter la récolte.

Souvent elle se perd sous les arbres et lui sert de fumier.

Mes jardins, à mon arrivée, étaient blancs de cette neige odorante.

M. Muratore, pharmacien, distillateur à Monaco, est venu la recueillir et en a composé de délicieux gâteaux de fleurs d'oranger, dont vous me direz des nouvelles.

La rareté des malades permet à monsieur Muratore de gérer les domaines de madame Cornélie de Vedel, fille du célèbre général de ce nom, de transformer son salon en magasin de nouveautés pour le compte d'un riche négociant de Venise, d'origine monégasque, monsieur Barriéra, et de mériter le surnom de *Roi des Pêcheurs*, sur toute la côte d'une mer qu'on accuse de manquer de poissons.

Le salon de madame de Vedel représente le faubourg Saint-Germain de Monaco.

Le whist y est en honneur, les sonnets y sont tolérés.

Les marchands achètent d'ordinaire les oranges et les citrons sur l'arbre, dès qu'ils sont formés, à tant le mille, suivant le cours du jour, et leur grosseur lors de la récolte.

Ils ont, à cet usage, un anneau de fer dans lequel ils le font entrer, et les divisent en trois catégories, de *mesure*, *médiocres*, de *rebut*.

Les fruits, cueillis verts, mûrissent et jaunissent en route.

Les oranges cueillies en novembre, décembre et janvier vont dans le nord de la France et jusque dans la Baltique ; celles de février et mars, trop mûres, ne peuvent voyager à plus de cent lieues.

On les enveloppe dans un papier dit *croisette mi-blanc*, fabriqué à Nice.

Pour la province, on les entortille aussi de frisure de papier colorié, et les plus beaux échantillons sont réservés pour Paris.

Quant aux oranges qui sont destinées pendant toute l'année à l'usage du propriétaire et de sa famille, elles restent sur les arbres pour être cueillies quand on en a besoin, et, grâce aux murailles, les maraudeurs de la Turbie respectent cet usage patriarcal.

J'avais remarqué, depuis ce matin, chez mon *rentier*, une physionomie fort bouleversée.

Je lui ai demandé s'il avait éprouvé quelque malheur de famille ou si la morphée ravageait *ses* arbres.

— Non, signoria.

— Vous me cachez quelque chose, Piétro ? — lui ai-je dit du ton affectueux qu'on adopte avec un vassal qui vous traite de seigneurie.

— Ah ! vous m'avez fait bien de la peine, signoria !

— Moi, Piétro ? Expliquez-moi donc ce forfait...

— Comment, signoria, vous ne vous en doutez pas ? — et il ajouta d'un air sérieusement consterné : — Mais vous avez donné à dîner à l'anthropophage, et ma femme vous a servi à table, et notre meilleur lapin y a passé ! — Je ne comprenais pas encore très-bien pourquoi mon voisin, qui semblait aimer, il est vrai, beaucoup le lapin, passait pour un anthropophage, et j'ai exigé de Piétro une explication catégorique. Alors le rentier a levé les bras au ciel et m'a dit : — Signoria, vous êtes bien le maître de dîner avec un mangeur d'hommes ; mais, prenez garde à vous ! D'ailleurs, monsieur Milon ne fait pas mystère de ses goûts, et, quoiqu'il dise qu'il n'a jamais mangé de l'homme que par accident ou par nécessité, tout le monde s'en défie, voyez-vous !

Au même instant le voisin est entré dans mon jardin, et Piétro de s'enfuir.

Monsieur Milon n'a pu s'empêcher de rire.

— Je vois qu'on vient de vous mettre en garde

conlre ma mauvaise réputation, mon cher voisin.
Eh bien ! il faut vous l'avouer, je ne vaux pas mieux
qu'elle. Je ne suis plus un anthropophage, mais je
l'ai été, et le nom m'en est resté.

— Vous avez mangé de la chair humaine ! — me
suis-je écrié en mettant entre nous un prudent intervalle.

— Pourquoi pas ? A ma place, je vous jure que
vous en eussiez fait autant. Ah ça ! me prenez-vous
maintenant pour un vampire, et cette excentricité
doit-elle rompre nos relations de bon voisinage ?
J'en serais désolé, car j'espérais me lier intime-
ment avec vous. — J'ai fait un pas en arrière. —
Mais je le vois, les histoires de votre rentier vous
ont fait impression.

— Monsieur, on aime à choisir ses amis, — ai-je
répondu avec dignité.

— Hélas ! on ne choisit pas toujours ce qu'on
mange, — a répliqué mélancoliquement mon voisin. — Brillat-Savarin s'est trompé en écrivant ce
proverbe : « Dis-moi ce que tu manges, je te dirai
qui tu es. » Je tiens seulement à me justifier à vos
yeux. Jamais, dans vos plus mélodramatiques inventions de romancier, vous n'auriez imaginé les cas
d'anthropophagie forcée auquel le sort m'a condamné. De tous les hommes que j'ai jamais connus,

je suis certes le plus doux et le plus pacifique. Eh bien! j'avais dix-huit ans et j'étudiais la médecine à Turin, lorsque, à la suite d'un pari, un de mes camarades coupa un morceau de chair sur un cadavre destiné à nos études anatomiques, le fit griller sur un réchaud, et le mangea sans témoigner aucune répugnance. Par bravade, toute la bande mit à honneur d'en faire autant; j'eus beau résister, je dus finir, sous peine d'être regardé comme un traître et un espion, par dissimuler mon dégoût, et suivre ce contagieux exemple.

— Eh bien! monsieur Milon?

— Eh bien! franchement, ce n'était pas aussi mauvais que je l'aurais cru.

— Mais vous ne vous en êtes pas tenu à cette première expérience?

— Hélas! non, mon cher voisin. Pendant la révolution je dus m'enrôler parmi ces terribles Verdets qui firent une guerre de brigands aux soldats de la République, dans les Alpes liguriennes. Les guérilleros espagnols étaient des agneaux à côté des Verdets. Ils sciaient les prisonniers et les traînards républicains entre deux planches, et accrochaient leurs membres dépecés aux poteaux des routes. Une nuit, nous manquions de vivres, et l'escorte d'un convoi de fourgons français venait de nous re-

pousser et de nous tuer quelques hommes, grâce
au dévouement enragé d'un petit tambour de quinze
ans que nous avions gardé prisonnier par pitié,
sans même lui enlever sa caisse, et qui abusa de
notre négligence pour donner l'alarme à ses compatriotes. Il s'appelait Lafolie, un enfant de l'amour !
Je le vois encore avec son air gouailleur, ses joues
roses et ses yeux bleus qui pétillaient de malice.
Pauvre petit ! C'était brave comme César, mais ça
n'avait pas de souliers aux pieds pour grimper sur
les rochers, dans la neige. Nous nous sauvâmes
jusqu'à un village que nous croyions inaccessible.
Bah ! le village était brûlé. Vous jugez de la rage.
Le plus féroce de nos Verdets, un hercule, avait d'un
coup de pied effondré la caisse du petit tambour,
et emportait le prisonnier sur son dos comme un
sac. Lafolie ne sourcillait pas ; il battait des entre-
chats avec ses pieds nus sur le dos du géant, et battait la diane sur ses épaules avec les baguettes qu'il
n'avait pas lâchées. Un démon, quoi ! Il m'intéressait, l'enfant, et j'aurais bien donné mon fusil pour
le voir dégringoler du haut de son porteur et nous
brûler la politesse dans les bois de pins. Mais il n'y
fallait pas songer. La neige tombait si fort que nous
nous arrêtâmes. Tonio, c'est le nom de l'hercule,
secoua le petit tambour à terre et dit : — Nous

n'avons pas mangé depuis trente-six heures, c'est
ce lapin-là qui nous a fait tuer nos frères. — Et il
ajouta d'une voix que je ne puis encore me rappeler
sans frémir : — Mes enfants, il faut goûter du lapin.
Lâche et traître qui s'y opposera ! Que vous dirai-je ?
Les Verdets tremblaient devant cet homme et ils
regardaient le pauvre petit comme l'assassin de
leurs camarades. Lafolie, lui, ne s'occupait pas
d'eux seulement. Il jouait avec les oreilles du chien
de Tonio, qui nous avait suivis. Ah ! le brave enfant,
je l'aurais embrassé de bon cœur ! Tonio seul
l'ajusta avec son fusil, et je vis Lafolie tomber sur
la neige qu'il tacha de son sang. Il porta la main à
son cœur et ne cria qu'un mot: « Maman ! » lui
qui ne se connaissait pas de mère. Tonio, qui
m'avait vu détourner la tête avec horreur, fit rôtir
le cœur du tambour et m'en offrit un morceau
comme aux autres. Je savais ce que cela voulait
dire, et je cédai.

— Vous jouiez de malheur, pour un bourgeois
débonnaire et modéré, mon voisin, et on vous for-
çait à prendre d'assez mauvaises habitudes. Mais
ce sont là des circonstances exceptionnelles qui ne
pouvaient guère se reproduire dans votre vie.

— Quand le sort vous en veut, il est ingénieux
dans ses procédés. Pour échapper aux Verdets, je

me fis marin, et je tentai d'un voyage au long cours.
Je vous épargne les détails. Mon vaisseau sombra
contre un écueil dans l'Océan Pacifique. Je me sau-
vai sur un radeau avec deux matelots et trois passagers, sans provisions, sans vêtements, sous un
brasier qu'on ne pouvait appeler le ciel, sur une
fournaise qu'on ne pouvait appeler la mer. Demi-
nus, affamés, calcinés par le soleil, trempés par
l'eau salée brûlante, nous n'étions plus les uns pour
les autres des compagnons d'infortune, mais un
gibier réciproque. Pourtant, nous étions des gens
civilisés, et nous le fîmes bien voir. On tira au
sort celui qui serait mangé le premier. Le sort dé-
signa un des passagers avec qui j'avais contracté
une étroite liaison, homme de cœur et d'esprit. Eh
bien ! je serai franc : cette fois, je n'éprouvai pas
du tout la répugnance qui m'avait fait repousser
un morceau du cœur de Lafolie, et, si le respect
humain ne me retenait, je vous avouerais que je ne
crois pas avoir jamais fait un meilleur repas. Mon
nouvel ami était délicieux au goût.

V

Je regardai avec stupéfaction mon voisin pour
m'assurer qu'il ne raillait pas ; mais l'expression

candide de son visage me prouva qu'il n'avait nullement conscience de l'étrangeté monstrueuse de sa
justification.

— Allons, — lui répondis-je avec un rire forcé,
— il paraît que vous vous accoutumiez à ce genre
de nourriture légèrement excentrique. Il n'y a que
le premier repas qui coûte.

— Mais j'abuse de vos moments, cher voisin, —
reprit courtoisement monsieur Milon ; — comme
je tiens à emporter votre estime en vous quittant,
je vous dirai brièvement que nous ne consommâ-
mes que ce passager. Notre radeau alla se briser
sur des côtes habitées par les *Botocudos*, peuples
qui cultivent naïvement la pêche et l'anthropophagie, et qui ont même une teinture des beaux-arts,
si j'en crois les dessins curieux et les couleurs ori-
ginales dont leurs corps sont tatoués. Ils nous ac-
cordèrent une cordiale hospitalité et nous invitè-
rent à un grand repas de guerre où l'on devait
manger une douzaine de prisonniers. Nous dûmes,
pour faire honneur à nos hôtes, nous conformer
aux usages reçus dans le pays, mais nous reconnû-
mes à l'unanimité que la chair des sauvages est
bien moins délicate que celle des Européens. J'ai
même eu l'intention d'adresser un mémoire sur ce
sujet nouveau à l'Académie des sciences de Paris,

ou à monsieur Humbold, l'auteur du *Cosmos*. Vous voyez, cher voisin, que je suis un anthropophage d'un bon naturel et d'humeur accommodante.

Puis monsieur Milon m'a serré la main et s'est retiré sans paraître s'apercevoir d'un frisson que je n'ai pas su dissimuler fort adroitement.

Je ne dois pas oublier, mon cher Desnoyers, de vous signaler un des principaux agréments de Monaco.

On ne compte que deux pianos dans toute la principauté, c'est-à-dire un piano par sept cents habitants.

Quand on pense qu'à Paris chaque appartement est infecté d'un ou deux pianos, que les loges de portiers n'en sont pas préservées, que nous connaissons des familles entières composées de professeurs de piano, qu'on nous menace d'une invasion de pianos à huit et dix octaves avec pédales à grand orchestre, que les jeunes filles apprennent des sonates à six mains pour la fête de leurs parents, au lieu de leur broder des pantoufles, que ma chère petite Eva est condamnée à trois heures de gammes par son inflexible mère et ne se roule sur l'herbe que dans son portrait si admirablement peint par Eugène Quesnet, n'est-on pas heureux d'apprendre qu'il est encore un coin de terre à l'abri du piano morbus, où Listz serait regardé comme un perturbateur du repos public et où les noms de Thalberg et d'Emile Prudent jouissent du plus profond incognito ?

Tous les quinze jours, un professeur de piano déguisé en accordeur vient de Nice, et essaye d'inspirer aux Monégasques le vice de cet instrument désastreux, en leur offrant des leçons au rabais, mais jusqu'à présent ses polkas les plus échevelées n'ont pas été couronnées de succès.

Pour le décourager, on lui a même offert le grade de joueur d'orgue de Barbarie dans la garde nationale, en feignant de confondre les deux instruments.

L'absence de pianos produit nécessairement la plus grande stagnation en fait de concerts.

Le festival de charité est inconnu à Monaco.

Les enfants prodigues n'y feraient pas vivre leur famille, même de macaroni, et les violonistes, qui jouent le *Carnaval de Venise* sur une seule corde sans archet, y seraient condamnés à un carème singulièrement rigoureux.

Cependant la musique d'ensemble a été pratiquée, dit-on, à Monaco, par le serpent de l'église métropolitaine, qui, à lui seul, imitait tour à tour les divers instruments employés dans le *Stabat* de Paësiello.

Mais si les gens de notre Eden sont ennemis du piano prétentieux et bavard, ne les croyez pas ennemis de la musique.

Les paysannes chantent, en portant leurs paniers d'oranges, des mélodies charmantes, rognures des plus divins opéras de Rossini, de Bellini, de Donizetti, et les pêcheurs en mer roucoulent des trilles et des gammes chromatiques à faire tressaillir de joie un directeur de l'Académie impériale dans l'embarras.

Vous savez, du reste, mieux que moi, mon cher ami, que le pianiste est l'ennemi mortel de la musique, et qu'il cherche à lui faire le plus de mal possible.

Pour nous, la musique, c'est la mélodie, et, pour le pianiste, c'est le tour de force, le saut du tremplin, le trapèze aérien.

Il s'agit pour le pianiste d'enlever le succès à la force du poignet, d'être un gaillard de beaucoup de gammes et de transpiration ; de jouer avec ses cheveux, avec ses coudes, avec son souffle, avec ses genoux, de dompter des dièzes et de saccager des bémols ou de lever les yeux au ciel en frôlant le clavier du bout de l'ongle; d'être idéalement maigre et imberbe ou monstrueusement gros et barbu ; d'étouffer la pauvre mélodie toute vive sous ses

cascades de variations et ses avalanches de notes
blêmes, après l'avoir sournoisement déplumée et
extorquée à l'opéra dans lequel ce joyau musical
se trouvait enchâssé.

Oui, le mérite du vrai pianiste, du compositeur
qui ne joue et ne fait jouer à ses élèves que ses propres morceaux, c'est d'empailler le plus de mélodies
possibles, et de tuer sous lui un plus grand nombre
de pianos que tous ses confrères.

Heureusement pour Monaco, ce musicien-là, qui
vous a fait verser tant de flots d'encre, mon cher
Desnoyers, ne viendra jamais y chercher fortune.

La principauté a couru dernièrement un grand
danger de la part d'un de nos anciens confrères,
mon ami, monsieur Jacques Coste, un des premiers
signataires de la protestation des journalistes contre les ordonnances du ministère Polignac.

Monsieur Coste avait eu l'idée de troubler le repos archi-séculaire de l'antique capitalicule, en la
transformant tout à coup en un San-Francisco
inattendu.

Il devait créer une *banque internationale* qui aurait centralisé tout le mouvement financier du commerce de la Méditerranée.

Les opérations principales consistaient en *avances*
à faire sur *marchés à livrer,* pour mettre à la dis-

position des producteurs du littoral méditerranéen tous les fonds nécessaires aux récoltes de l'année ; et pour conjurer les risques de ce système, monsieur J. Coste y joignait une organisation d'assurances des sommes ainsi prêtées.

De plus, l'intégralité des capitaux considérables demandés par la nouvelle banque était couverte par un système d'*actions de garantie* destinées à remplacer la garantie de l'Etat.

Le prince de Monaco avait accueilli avec faveur le projet de cette vaste combinaison financière, tout en écartant l'idée de faire de Monaco un port franc dont la création eût pu soulever les plaintes des gouvernements voisins.

L'entrepôt accordé par le privilège devait être clos de murs pour empêcher toute facilité de contrebande, et il était interdit à la *banque internationale* d'escompter des effets provenant de ce commerce interlope.

Je ne sais si la banque de monsieur Coste est tombée dans l'eau, mais le port de Monaco continue à n'être fréquenté que par un baigneur solitaire et quelques poissons désœuvrés.

Une banque à Monaco ! comprenez-vous cela, mon cher ami ?

Où diable le veau d'or va-t-il se nicher de nos jours ?

J'ai peine à m'habituer à l'idée de voir des cou-lissiers véreux et des remisiers de hasard causer primes et reports dans ce pays primitif où, comme le disait spirituellement Alphonse Karr, votre fer-mier s'appelle *rentier* parce qu'il ne paie pas de rentes à son propriétaire.

Je leur souhaite de se casser le cou sur les abo-minables cailloux pointus dont sont hérissées, je voulais dire pavées, les trois rues de Monaco ; une seule, ruelle dérobée et mystérieuse, la Cecca, est agréablement briquetée de carreaux rouges.

Cet établissement est dû à un prince qui tenait à ne pas s'écorcher les pieds lorsqu'il quittait chaque soir son château pour se rendre à cette charmante maison de Jardinetto, tout incrustée de sculptures de marbre, qu'il avait donnée à sa maîtresse.

Or, la porte du Jardinetto s'ouvre sur la Cecca, et la Cecca débouche sur la place du château.

Quel malheur pour les habitants que chacune de leurs autres rues n'ait pas eu le privilége de rece-ler une favorite !

Le Jardinetto, cet Alhambra réduit, ce boudoir à terrasse italienne, a été vendu treize mille francs avec ses grands bosquets d'orangers à monsieur Pietr'Ange Biovès, ancien caissier du *Journal des Débats*, et qui a été longtemps attaché au service de monsieur de Talleyrand.

9

Je regrette de n'avoir pu économiser assez d'oranges, de citrons et de romans-feuilletons pour me permettre cette acquisition princière.

A propos, si vous venez me voir à Monaco, mon cher ami, apportez une provision de vos formidables cigarettes.

Ici les cigares sont passés au poivre et au vinaigre, pour les préserver du choléra, qui n'est cependant connu que de réputation, et s'il y a deux notaires, en revanche il n'y a qu'un marchand de tabac.

Quand je parle de la place du château, n'allez pas vous imaginer que Monaco compte plusieurs places et plusieurs châteaux.

Cet édifice est vaste, suffisamment monumental, et d'une apparence antique ; il est orné intérieurerement de magnifiques peintures à l'huile que les derniers princes ont laissé dégrader.

A la Révolution, le château fut converti en hôpital, et les numéros des lits balafrent encore les murailles ; quelques parties ont déjà été restaurées par le prince actuel, Florestan I", et par son fils, le duc de Valentinois, qui a épousé une riche héritière, mademoiselle de Mérode, mais qui n'a pas réussi à reconquérir, l'année passée, ses villes insurgées de Roquebrune et de Menton.

C'est une restauration à recommencer.

Notez un détail qui ne manque pas d'une certaine gaieté politique.

A Monaco, les carabiniers sardes sont chargés, par les traités de 1815, de protéger le prince contre ses sujets révoltés de Menton et de Roquebrune ; à Menton, les susdits carabiniers sont chargés, par un décret plus récent, de protéger les villes rebelles contre les forces et même contre la visite du prince de Monaco.

Cette anomalie ne vous rappelle-t-elle pas un peu, mon cher ami, ces zélés figurants du Cirque qui se poursuivent eux-mêmes sur le théâtre avec un acharnement consciencieux, et rossent ou sont rossés alternativement, suivant qu'ils représentent des Français ou des Autrichiens.

La restauration du prince Honoré V a été compliquée d'une anecdote qui aura sa date dans l'histoire.

Après la réunion du comté de Nice à la France, les trois villes de la principauté jugèrent convenable d'essayer une contrefaçon de révolution ; l'essai réussit sans effusion de sang, et la grande Convention nationale ne dédaigna pas de fraterniser avec la petite convention de Monaco, formée de douze députés nommés en assemblée primaire, et de lui accorder la protection française.

Sous l'Empire, la Capitale d'Honoré V devint le chef-lieu d'une sous-préfecture des Alpes-Maritimes, et lorsque le prince *in partibus* vint réclamer son royaume à Napoléon, ce dernier le nomma chambellan et l'attacha au service de l'impératrice Joséphine, dont il devint le favori.

Il ne lui était plus permis d'exercer l'état de prince souverain qu'à huis-clos, soit en distribuant des tabatières sur le couvercle desquelles il était représenté avec la couronne de prince et le manteau ducal, soit en autorisant gracieusement son secrétaire intime, ses valets de chambre et son suisse à le traiter d'Altesse.

Lorsque Louis XVIII fut rétabli sur le trône de ses pères, Honoré V s'empressa de jeter aux orties son déguisement de chambellan impérial, et alla réclamer au nouveau roi ses huit mille sujets.

Les rois qui entrent en fonctions sont toujours de bonne humeur.

Monsieur de Talleyrand, ami du prince Honoré, glissa dans les traités une ligne illisible.

Cette ligne était grosse d'une petite restauration, et Monaco compta un habitant de plus.

Le prince partit pour prendre possession.

A Cannes, sa voiture est arrêtée par des grenadiers de la garde impériale, qui le forcent à descen-

dre, et le conduisent vers un autre voyageur en
quête de trônes, dans lequel il reconnaît avec stupéfaction son ancien maître.

C'était l'illustre transfuge de l'île d'Elbe qui marchait sur Paris à la tête de six cents hommes.

— Où allez-vous, Monaco? — demanda familiè-
rement Napoléon Ier à Honoré V.

— Sire, — répond le prince, — je vais à la décou-
verte de mon royaume.

L'Empereur sourit :

— Voilà une singulière rencontre, Monaco? deux
majestés sans place ! Mais ce n'est peut-être pas la
peine de vous déranger. Avant huit jours je serai
à Paris, et je me verrai forcé de vous renverser du
trône, mon cousin. Revenez plutôt avec moi; je
vous nommerai sous-préfet de Monaco, si vous y
tenez beaucoup.

— Merci de vos bontés, sire, mais je tiendrais
encore plus à faire une restauration, ne dût-elle durer que trois jours.

— Allons ! faites-la durer trois mois, mon cousin;
je vous garderai votre place de chambellan, et vous
viendrez me rejoindre aux Tuileries.

Les deux monarques échangèrent une poignée de
main et se séparèrent amicalement.

— Sans rancune, Monaco, — dit l'Empereur.

— Que Dieu vous protége, sire, et vous rende vos Etats plus longtemps qu'à moi ! — répliqua Honoré V, qui respira plus librement en cessant d'apercevoir les aigles impériales.

Le vœu plus ou moins sincère du prince de Monaco ne s'accomplit pas ; tandis que Napoléon Ier allait agoniser sur un rocher lointain, Honoré V put trôner paisiblement sur le sien.

Dès le lendemain de son entrée dans sa capitale, il s'aperçut qu'il lui manquait quelque chose d'essentiel pour exercer sérieusement ses fonctions de prince : c'était un budget.

Il avait beau chercher, il ne le trouvait nulle part.

Ce malheureux budget s'était égaré pendant ces longues années révolutionnaires.

Alors, au lieu d'improviser une charte à l'instar de son cousin de France, il improvisa un budget original en se faisant un monopole de la boulangerie de ses Etats.

Se souvenant qu'un bon prince doit nourrir ses sujets, il les condamna à un régime de pain forcé, agréablement varié de haricots et de pommes de terre.

Ne soyez pas surpris que son successeur, le prince Florestan, ait obtenu le plus grand succès

en supprimant ce monopole à son joyeux avénement.

On reproche généralement aux régions méridio-
nales d'être trop fertiles en quadrupèdes nuisibles et
en insectes dangereux.

Eh bien ! la principauté de Monaco manque absolument de toutes ces bêtes féroces qui gênent la
circulation au Mexique, dans l'Inde et autres pays
extravagants, à l'exception toutefois de quelques
moustiques suceurs de sang, et de quelques usuriers
suceurs d'argent.

Balzac aurait pu y faire vivre le père Gobseck,
mais monsieur Méry n'y retrouverait pas aisément
les tigres, les éléphants, les hyènes et autres animaux peu domestiques dont il a peuplé ses romans.

Je dois, du reste, me montrer indulgent pour ces
excès d'histoire naturelle, que j'ai sciemment
commis dans plus d'un ouvrage, malgré tous vos
efforts.

J'ai créé, sous vos yeux, une ménagerie assez
variée de crocodiles, de serpents, d'aigles et de
jaguars, pour me concilier tous les suffrages d'un
public qui serait composé de professeurs du jardin
des plantes.

Je ne puis donc supprimer du récit de mon
voyage une anecdote palpitante d'intérêt, et qui

rentre tout à fait dans le genre ultra-dramatique
que vous me reprochez.

Il y a deux mois, le fameux serpent de mer, qui
s'est si longtemps promené dans les colonnes du
Constitutionnel, fatigué sans doute de cette vie no-
made ou mis à la retraite par monsieur Mirès, s'é-
tait retiré dans les parages de Monaco.

On parlait chaque jour de chèvres dévorées, de
palmiers brisés, et d'enfants poursuivis par le formidable reptile.

Les mères de famille faisaient des neuvaines à
sainte Dévote, la patronne du pays.

Les pêcheurs se faisaient accompagner en mer
par des carabiniers sardes, et les canons qui dorment
sur la plate-forme de la place avaient été chargés
jusqu'à la gueule.

Le serpent se livrait néanmoins toujours à la
même consommation de chèvres.

Un soir, le rentier de monsieur Milon, qui médi-
tait de se procurer une auge à bon marché, alla
extraire dans les rochers une énorme pierre qu'il
s'était adjugée sans commissaire-priseur; mais à
peine avait-il soulevé cette masse avec son levier,
qu'il vit miroiter les yeux verts et brillants d'un
monstre cuirassé d'écailles et prêt à s'élancer sur
lui.

Renversé de peur, il lâcha le levier et laissa retomber la pierre, qui coupa le reptile par le milieu du corps.

Monsieur Milon retrouva son rentier mort de frayeur.

Quant au serpent, c'était un gigantesque lézard écrasé par la chute de l'auge future.

Le musée d'histoire naturelle de la ville se compose de la moitié de ce lézard soigneusement empaillé.

Ce n'est pas ici que des critiques dramatiques pourraient se retirer du feuilleton avec vingt mille livres de rentes, après avoir fait leur temps de chantage.

Peut-être, mon cher ami, tiendrez-vous à connaître l'état de l'art dramatique à Monaco.

Hélas! quoique le prince Florestan soit un des plus fervents adeptes de Melpomène et de Thalie, si nous en croyons notre ami Paul Lacroix (bibliophile Jacob), le théâtre est tombé sous son règne dans le plus affreux marasme.

La comédie de société et la comédie de collège sont ici en état de vagabondage et sans asile.

Si jamais mademoiselle Rachel cherche sérieusement une retraite à l'abri de toute tragédie, si monsieur Ponsard demande aux dieux un café soli-

taire où il puisse jouer aux dominos sans être troublé par un directeur de l'Odéon, si messieurs Latour
Saint-Ybars, Emile Augier et Ernest Legouvé veulent cesser de photographier les vieux répertoires
tragiques qui n'ont plus cours, de rétamer leurs
coupes à poison, leurs poignards et leurs couronnes
d'empereurs romains, de princes grecs ou de rois
ostrogoths, ils n'ont qu'à venir à Monaco.

On n'y poursuivra pas d'offres de primes ces écrivains estimables ; leur beau talent ne sera pas mis
à l'enchère ; et quant à mademoiselle Rachel, elle
pourra jouir enfin de ce repos qu'elle rêve avec tant
de publicité et de tapage chaque fois que le ther-
momètre de ses recettes baisse au-dessous de deux
mille francs chez le caissier du Théâtre-Français.

Il n'en était pas ainsi à Monaco du temps de
Louis XIV.

Je lisais hier au soir un éloge fort triomphant
des goûts artistiques et littéraires du prince régnant
de cette époque, dans les *Aventures d'Italie*, de
monsieur d'Assoucy, ce plaisant empereur du
burlesque, enterré dans le linceul de deux vers de
Boileau.

C'est un petit volume fort rare, et l'exemplaire
que j'ai acheté vient de la bibliothèque de Passy, du
duc de Valentinois.

« Abordant le prince, — dit d'Assoucy, — il eut
» la bonté de me faire donner un siége et de s'en-
» tretenir plus d'une heure avec moi, avant que de
» parler, de jouer du luth, ni de chanter.

» Enfin, ayant fait tomber adroitement le discours
» sur la musique, il me pria de faire chanter Perro-
» tin, mon valet, et ce fut en cet instant que je re-
» connus que ce prince n'était pas moins intelligent
» dans les beaux-arts que dans le métier de la
» guerre, car il dit à Perrotin, non-seulement qu'il
» avait la plus belle voix du monde, mais qu'il sa-
» vait encore toutes les ruses du chant.

» Après l'avoir entretenu près d'une bonne heure
» de mes chansons, je pris congé de lui pour
» retourner à cette hôtellerie où j'avais laissé mes
» hardes, mais je fus arrêté au sortir de la chambre
» par un gentilhomme qui avait ordre de Son Altesse
» de me faire voir son palais. »

Charles d'Assoucy est ensuite promené par toutes
les chambres, et son cicerone lui fait admirer tant
d'ameublements et d'argenterie, que la foire de
Saint-Germain et les galeries du grand-duc lui paraissaient des lieux dégarnis à côté du château de
Monaco.

Il y remarque aussi un parterre tout de marbre
blanc, construit avec tant d'artifice quil n'en peut

découvrir le secret ; il crut toujours depuis que les
marbres, frappés de stérilité en tout autre endroit
du monde, produisaient à Monaco des feuilles, des
fleurs et des fruits.

Ce dernier trait me paraît d'un précieux digne
du marquis de Mascarille et du vicomte de Jode-
let.

D'Assoucy voit ensuite entrer dans sa chambre
un homme avec une serviette sur le bras et un bâton
à la main, suivi d'un régiment d'estafiers, tous chargés de plats qui remplissent l'air d'une odeur aro-
matique, et la table est aussitôt couverte, non–seulement pour lui, mais pour trois ou quatre musiciens, que cet autre Jupiter Ammon envoie lui tenir
compagnie.

Le troisième jour, sur la fin du souper, le généreux prince fait porter à son hôte trente pistoles en
deux pièces d'or, si grandes qu'il a bien de la peine
à les faire entrer dans ses pochettes ?

D'Assoucy s'agenouille alors devant trente pistoles et la table de Jupiter Ammon de Monaco,
dans un sonnet de reconnaissance dont je vous ferai
grâce.

Aujourd'hui que les poètes burlesques ou sérieux
ne vivent plus de dédicaces et n'accompagnent guère
sur le luth la voix de leur valet de chambre, ils ont

moins de chance de rencontrer en route de telles cuisines et de tels desserts ; mais quant à la nature, ils la retrouveront toujours la même, splendide et souriante.

Rien de plus merveilleux que ce versant des Alpes, qui porte à ses sommets la neige et la glace, et dont les flancs descendent à la mer, en déroulant sur une pente de quatre lieues tous les degrés de la végétation, depuis la bruyère jusqu'au chêne, à l'olivier, au figuier, à la vigne, depuis la vigne jusqu'au citronnier et à l'oranger, et enfin du vivace citronnier jusqu'aux aloès, aux palmiers, aux nopals, qui bordent une mer tiède, bleue et parfumée.

Sur ce doux rivage, les maisons dorment à la brise et au soleil, et jamais les plaques vertes ou les lézardes d'une humidité malsaine ne déshonorent leurs vieux murs.

C'est là qu'il fait bon vivre, mon cher ami, et qu'il fait bon finir ses jours, d'autant plus qu'on les y finit beaucoup plus tard que partout ailleurs.

Emmanuel GONZALÈS.

UNE LETTRE D'ALPHONSE KARR
CONTRE EMMANUEL GONZALÈS

Quand j'ai appris que vous étiez à Monaco, mon

cher Gonzalès, j'ai espéré que, sachant peut-être que j'étais à Nice, vous viendriez me serrer la main.

Je ne savais pas alors l'horreur que cette ville vous inspire, et la terreur dont elle frappe votre cœur d'hidalgo peu accessible à la crainte.

Décidément, c'est avec raison que l'Europe surveille Monaco et ses projets ambitieux.

L'année dernière, le duc de Valentinois, l'héritier présomptif, a failli s'emparer seul de Menton, et il y serait parvenu, sans aucun doute, si on ne l'eût pas mis au violon.

Cette année, de ce pittoresque et charmant nid de vautours usurpé par des tourterelles sauvages, vous pointez contre la pauvre ville de Nice des canons qui dorment depuis longtemps sur leurs affûts, et que l'on croyait mis là comme décors et pour agréments du paysage, et vous dérangez les monceaux de boulets soudés ensemble par la rouille.

Si vous connaissiez Nice et les Niçois, mon cher camarade, la générosité de votre caractère vous empêcherait de les attaquer.

Ils ne se défendront pas ; ils ont horreur de l'agitation, de l'effort, de la lutte ; ce sont des chasseurs d'alouettes rôties.

En voici un exemple qui va vous toucher, et qui

vous aurait fait rengainer votre plume si vous l'a-viez connu.

L'industrie des Niçois consiste surtout à louer des appartements aux étrangers malades ou peu-reux du froid.

Eh bien! l'année dernière, ils ont laissé dire un mois, dans les journaux de l'Europe, qu'ils étaient décimés par la chaleur et mouraient comme ne meurent pas assez de mouches dans cette saison.

C'était leur ruine.

Personne ne s'en est remué ; on croirait presque que c'est du désintéressement, et que, semblables aux Ecossais d'opéra-comique, les Niçois donnent leur hospitalité et ne la vendent jamais.

Ce serait inexact.

C'est moi qui, pour payer le bon accueil que j'ai reçu à Nice, ai dû rétablir les faits, à la place même où j'écris ces lignes.

J'ai constaté par des rapports officiels que le cho-léra n'avait fait à la population de Nice que ce qu'une brise un peu forte fait aux arbres : elle fait tomber les fruits mal conformés.

La chaleur n'a tué à Nice que quelques enfants faibles, quelques vieillards affaiblis, quelques ma-lades sans résistance; en un mot, les gens qui atten-daient un prétexte et une occasion pour s'en aller.

Maintenant, j'avouerai que, si on additionne le
très-peu de morts et le nombre immense de malades que chaque médecin a guéris, on arrive à un
total qui atteint et au-delà le double de la population
de Nice.

Il doit y avoir là un peu d'exagération de la part
des gens qui s'occupent autant de vivre du fléau que
d'empêcher les malades de mourir.

Sans être plus désintéressée pour cela, la fraction
du peuple niçois qui s'est fait aubergiste est d'une
indifférence et d'une apathie qui la livrent sans
cesse à l'âpre concurrence des autres populations
hospitalières.

Les hôteliers de Naples, qui ont en ce moment
une éruption du Vésuve que je crois vraie, savent
au besoin en annoncer de fausses dans tous les journaux de l'Europe, et ne manquent jamais de publier
à tout hasard les signes certainement précurseurs
de la plus terrible éruption qui ait jamais eu
lieu.

On sait avec quelle adresse les établissements de
bains de mer jettent du discrédit les uns sur les
autres.

Dieppe annonce que Trouville n'est pas au bord
de la mer, et qu'on n'y prend, en réalité, que des
bains de sable et d'eau douce; Trouville enregistre

les gens qui se noient devant les jetées du Hâvre.

Le Hâvre répand le bruit qu'à cause de l'ancienne protection de madame la duchesse de Berry, Dieppe est une ville suspecte, et que les étrangers y sont soumis à une rigoureuse surveillance.

— Il y a au Hâvre des galets qui meurtrissent les pieds.

— Il y a à Trouville de la vase qui vous oblige, après le bain, à prendre un second bain pour vous laver, — répond le Hâvre.

— N'allez pas en tel ou tel endroit, — disait telle autre localité sous Charles X, sous Louis-Philippe : — la cour y est; l'étiquette y est gênante, on y fait plus de toilette qu'à Paris; on ne peut s'y baigner qu'en caleçon de toile d'or.

— N'allez pas à... — disaient au contraire ceux de... — il n'y a pas d'étiquette du tout : la corde qui séparait les deux sexes a été rompue cet hiver, et le conseil municipal ne l'a pas fait remplacer.

— N'allez pas à... — écrivait volontiers aux journaux Césaire Blanquet, le célèbre hôtelier d'Etretat, — la baie est pleine de requins.

Il paraît même qu'on a pris un crocodile dans la rivière.

— Certes, d'aller à Etretat cela n'a plus de couleur, c'est le rendez-vous des canotiers parisiens, —

10

dirait le Blanquet de telle autre bourgade, s'il pouvait y avoir deux Blanquet.

O mon cher Etretat, comme je prendrais ta défense si tu en avais besoin, et si tu n'étais pas trop
plein.

O mes bons amis, mes compagnons ! vous seuls
dans toute ma vie m'avez pardonné le peu de bien
que j'ai pu vous faire ! je dirai plus, quelques-uns
ont gardé de l'amitié pour moi.

Vous savez de quels éloquents discours les bains,
casinos, maisons d'eaux et de jeux ornent leurs
prospectus.

Hélas ! la pauvre ville de Nice n'est pas de la force
de ces gens-là.

Au mois d'octobre, elle balaie ses maisons et ouvre ses persiennes, puis elle attend les voyageurs.

J'ai cru prudent d'annoncer à temps que le tremblement de terre n'avait produit à Nice qu'une
grande chaleur ; on aurait peut-être dit que Nice
avait disparu, qu'elle était enfouie comme Pompéi ;
on l'aurait rayée des itinéraires de géographie.

Nice n'aurait pas soufflé mot.

Elle aurait balayé ses maisons et ouvert ses persiennes au mois d'octobre ; il ne serait plus venu de
voyageurs, elle aurait fermé ses persiennes et cessé
de balayer au mois de mai, pour recommencer à

balayer et à ouvrir ses persiennes au mois d'octobre.

Personne n'y serait plus jamais venu, Nice n'en aurait peut-être pas cherché les causes, et à coup sûr n'aurait même pas essayé de les combattre.

Qui sait si les aubergistes des autres pays, échelonnés sur le passage de ces oiseaux appelés étrangers, qui doivent quelques plumes à chacun, ne vont pas, votre article à la main, dire :

« Nice n'existe plus ; le tremblement de terre a renversé toutes les maisons, a tué le tiers des habitants, un autre tiers avait été enlevé par le choléra, le troisième et dernier tiers se composait de phthisiques qui sont morts de fatigue, après avoir enterré les morts, et qui n'ont dû eux-mêmes d'être enterrés qu'à l'obligeance des habitants de Monaco ? »

Eh bien ! les Niçois ne répondront pas, ne diront rien, ne se défendront pas.

Ce n'est pas seulement à propos du choléra et du tremblement de terre que vous avez été mal renseigné, mon cher Gonzalès.

On vous a trompé sur le massacre des phthisiques dont on vous fait croire les cimetières encombrés.

Il ne meurt pas de phthisiques à Monaco, c'est vrai, je le veux bien. Il en meurt quelques-uns à Nice, je l'admets encore.

Mais vous en donnez une très-bonne raison au commencement de votre chapitre : C'est qu'on envoie des phthisiques à Nice et qu'on n'en envoie pas à Monaco.

Pour qu'il sorte de la farine ou de l'huile d'un moulin, il faut y mettre du blé ou des olives.

Certains médecins n'envoient leurs clients à d'autres médecins, c'est-à-dire n'envoient leurs malades à trois cents lieues d'eux et de leurs visites, que dans deux cas seulement : l'un, quand ce sont des gens de bonne foi, qui comprennent que si leurs malades guérissent, ce ne peut être qu'à l'abri de leurs erreurs ou de leur ignorance; l'autre, quand ce sont des hommes prudents qui passent les malades désespérés à des confrères, comme on passe l'allumette au jeu de petit bonhomme vit encore, comme on passe à d'autres goujons les coupons de certaines actions, etc.

Il n'y a pas de cimetière des Anglais, que vous conseillez d'aller voir, encombré à la Croix de Marbre.

Il y a, à la Croix de Marbre, un très-petit cimetière, non encombré, qu'on appelle cimetière des Protestants.

A Paris, on confond facilement protestants et Anglais, et cela sans beaucoup d'inconvénients.

Il n'en est pas de même dans le Midi, où les protestants, les Vaudois, etc..., forment une partie de la population.

Mais votre article est lancé ; il n'est plus temps de retenir les quarante mille lecteurs du *Siècle* qui en ont causé chacun avec dix personnes ; dix millions de lecteurs savent aujourd'hui ce que vous avez dit de Nice et de Monaco.

Tous les malades et tous les frileux qui voulaient passer à Nice l'hiver prochain ont changé d'idée et forment le projet d'aller à Monaco.

A vous, tous nos phthisiques ; faites faire d'avance un cimetière des Anglais pour ces blanches jeunes filles d'Albion, dont la beauté jettera chez vous ses derniers rayons.

On ne mourra plus de la phthisie ni du choléra à Nice, on n'y mourra que de faim, car les étrangers sont le patrimoine de la plus grande partie des habitants.

Mais où les mettrez-vous, tous ces étrangers, dans cette pittoresque bonbonnière de Monaco ?

Aurez-vous le temps et surtout aurez-vous le terrain nécessaire pour construire des maisons, des caravansérails, des hôtels ?

Quoique vous disiez par erreur (j'en atteste les beaux citronniers de vos jardins ; ceux de Nice ont souffert depuis trois ans), quoique vous disiez qu'il fait plus chaud à Nice qu'à Monaco, je suis d'une opinion contraire, et cependant on ne peut faire coucher les malades ni les frileux sous les orangers.

Et que deviendra, je vous le demande, cette vie de bon marché, quand vous serez devenu aubergiste à Monaco ?

Que deviendra même la majesté de vos princes devant un peuple d'étrangers sceptiques, frondeurs, qui mesurent peut-être la grandeur des potentats à l'étendue de leur territoire ?

Croyez-moi, mon bon camarade, laissez chacun avec son lot.

On ne peut tout avoir.

Vous avez, dites-vous, des centenaires et des lépreux ; de quoi seriez-vous jaloux ?

Laissez les phthisiques à Nice et gardez vos lépreux ; les lépreux sont rares, tandis que les phthisiques ne sont que trop communs.

Votre part est belle, ne l'exposez pas.

Que deviendrez-vous si Nice, dépouillé de ses phthisiques, vous allait prendre vos lépreux ? C'est pourtant la chance que vous courez.

J'ai défendu de mon mieux, et peut-être sans succès, cette ville hospitalière.

Maintenant, comme ami de la vérité, je dois repousser deux flatteries que vous adressez l'une à la ville de Nice, l'autre au Paglion, ce fleuve qui la traverse.

Vous parlez des miasmes qu'exhale le Paglion.

Hélas ! vous croyez que parce qu'on est fleuve on est obligé d'avoir de l'eau !

Le Paglion est l'endroit le plus sec de Nice ; on y joue aux boules et on y étend le linge pour le faire sécher.

Le Paglion n'a de l'eau que quand il pleut; autrement, c'est un large chemin pavé de rochers et plein de cailloux.

On n'y a jamais vu un poisson, mais les lézards y fourmillent.

Vous parlez également de l'humidité du climat.

Qu'est-ce que l'humidité d'une ville où le fleuve lui-même n'est pas humide, où l'année dernière il a plu deux fois en neuf mois?

L'humidité ! grand Dieu ! dites-moi où elle est, je l'achèterai en gros, je la revendrai en détail, et vous aurez fait ma fortune; cela diminuera vos remords d'avoir ruiné Nice.

Pauvre Nizza maritima ! Je vous en veux autant de n'être pas venu jusqu'à Nice que de l'avoir détruite. — *Alphonse Karr.*

Emmanuel Gonzalès.

LA MORT DU LABOUREUR

C'était dans une ferme, aux confins de l'Alsace.
L'ombre emplissait déjà la grande salle basse ;
On entendait un bruit contenu de sanglots...
Aux larmes se mêlait le murmure des mots
Répondus lentement aux prières latines ;
Une sourde douleur oppressait les poitrines,
Et pourtant, on sentait que le souffle de Dieu
Vivifiait les cœurs brisés par un adieu.
Le moribond était un vieillard ; sur sa face
Les luttes de la vie avaient laissé leur trace,
Mais l'âme restait forte et le cœur combattu
Ne faisait pas mentir soixante ans de vertu.
Debout étaient ses fils : six hommes forts, superbes,
Dont les bras soulevaient des chars remplis de gerbes ;
A genoux, les enfants et les femmes des fils ;
Un vieux prêtre priait devant le crucifix.

« — Les splendeurs du soleil vont bientôt disparaître, »
Dit le mourant, « ouvrez bien grande la fenêtre.
» Mes yeux veulent encor saluer le ciel bleu,
» Je bénirai la terre en lui disant adieu... »
La campagne étalait, radieuse et féconde,
Sous le déclin du jour, sa riche moisson blonde ;
Les rudes travailleurs vers les sillons courbés,
Sur le sol onduleux abattaient les grands blés ;

Rieuses et chantant les blondes jeunes filles
Liaient les lourds épis tombés sous les faucilles ;
Et les bœufs sous le joug accouplés, près du char,
Placides attendaient le signal du départ.
Tout était grâce, vie et richesse étalée
Dans le tableau des bois, des monts, de la vallée,
Et le vieux paysan sentit battre son cœur
Ainsi qu'aux jours lointains de force et de bonheur.

« — Mes bien-aimés, dit-il, je vous lègue la terre
» Qu'enrichit le soleil, qu'ensanglanta la guerre ;
» Vous la cultiverez, et mon suprême vœu
» Est de vous voir vieillir et mourir en ce lieu.
» Comme moi vous serez des paysans; aux villes
» Les cœurs restent moins purs, les esprits moins tranquilles;
» Les révolutions y soufflent leurs fureurs :
» Pour être plus heureux, demeurez laboureurs !
» Il est bon, croyez-moi, d'ensemencer la terre,
» De vivre sous le ciel à la pleine lumière,
» De respirer l'air vif passant sur nos forêts,
» De voir fleurir les prés et jaunir les guérêts ,
» Puis, quand on a rentré les gerbes entassées,
» De rendre grâce à Dieu pour ses bontés passées,
» Et de lui demander sans honte, le matin,
» Qu'il nous garde l'amour, et nous donne le pain.
» Vous serez laboureurs ! Et fiers de vos familles,
» Quand vous verrez grandir vos garçons et vos filles,
» Entourant le foyer de leurs groupes bruyants,
» Vous ne vous plaindrez pas de compter trop d'enfants,
» Comme dans les cités où maigre de salaire,
» L'homme qui voit pâtir les petits et la mère...

» Vous serez laboureurs ! et vous aimerez tous
» La faucille, le soc, les grands bœufs à l'œil doux,
» Les poulains galopant librement dans la plaine ;
» Les fiers béliers, l'agneau prodigue de sa laine ;
» Tous les dons du Seigneur, tous les bienfaits du ciel :
» Blés mûrs, foins odorants, lait écumeux et miel,
» Et vous bénirez Dieu d'avoir mis votre vie
» Au niveau d'un bonheur que n'atteint pas l'envie. »

Le fermier s'arrêta : le souffle lui manquait ;
Chaque enfant à ses pieds de larmes suffoquait,
Et les fils contemplaient, pleins d'un respect auguste,
Le vieillard s'éteignant dans le calme du juste.
Tout à coup il tressaille et se penche... Un bruit sourd
Arrive jusqu'à lui... C'est le bruit du tambour !
Des conscrits vont partir... Son regard étincelle,
L'ardeur de ses vingt ans jaillit de sa prunelle,
Et montrant sept fusils contre le mur rangés :
« — Mes fils, dit-il, mes fils, ils sont encor chargés...
» Si jamais le pays jette son cri d'alarme,
» Avec un noble orgueil vous reprendrez ces armes :
» Ni le soc ni la faux n'amollissent les bras ;
» Les fils de paysans font les meilleurs soldats ;
» L'air qui souffle des monts et passe sur les plaines
» Garde les cœurs plus forts, plus pur le sang des veines ;
» A l'appel du clairon vous irez vous ranger
» Sous les plis du drapeau qu'il faut suivre, ou venger... »

Puis, comme si ces mots de patrie et de gloire
Le ranimaient, il dit :

                    « — Ma fille, ouvre l'armoire,

» Etale sur mon lit mon habit de soldat,
» Avec la croix d'honneur, prix d'un vaillant combat ;
» Puis ce lambeau déteint, brûlé, percé de balles,
» Qui guida si longtemps nos marches triomphales.
» Un jour, je l'arrachai de la main d'un bandit,
» Qu'un coup de baïonnette à mes pieds étendit ;
» Puis je tombai, poussant une plainte étouffée,
« Car j'avais la poitrine ouverte.... Mon trophée
» Me servit à bander ma blessure... et la croix
» Cacha la cicatrice... Ah ! lorsque je revois
» Cet uniforme usé, râpé, noirci de poudre,
» Je crois passer encore au milieu de la foudre,
» Ne cherchant, ne voyant, n'entendant rien, sinon
» Les plis de l'étendard et le bruit du canon...
» De mes humbles trésors j'enrichis ma famille :
» Mon chapelet, ma croix d'honneur et ma faucille :
» Tout ce que j'ai servi, tout ce que j'adorai,
» Tout ce qui pour mon cœur fut un culte sacré ;
» Tout ce qui dans mes yeux fit monter une flamme
» Et si près du trépas, réchauffe encor mon âme... »

Il se tut ; le soleil noya de rayons d'or
La tête du fermier qui pâlissait encor ;
Le prêtre s'avança les deux mains étendues
Sur le groupe d'enfants, de femmes éperdues
Et des garçons crispant leurs poings de désespoir :

« — Adieu, soldat obscur d'un plus obscur devoir !
» Qu'un viatique saint, mon frère, vous soutienne,
» Au nom de Dieu vivant, partez, âme chrétienne !
» Allez vers le Pasteur des fidèles brebis,

» Vers le Maître indulgent des pauvres, des petits !
» Il chérit comme vous, dans sa course mortelle,
» La terre qu'il créa si féconde et si belle,
» Et quand il instruisait le peuple, ses discours
» Vers les champs, les vergers le ramenaient toujours...
» Il vous attend là-haut, bons ouvriers ! Les anges
» Mettront votre moisson de vertus dans ses granges :
» Au divin tribunal paraissez sans frémir,
» Votre gerbe est liée et vous pouvez dormir... »

Du paysan soldat et chrétien, ce langage
D'un reflet d'espérance éclaira le visage ;
Il se laissa tomber dans les bras de ses fils,
Sur sa bouche pressa les pieds du crucifix
Et serra dans ses doigts crispés par la souffrance
Le lambeau vénéré du drapeau de la France.

Raoul de NAVERY.

ABSINTHINE

———

Parlez d'elle, prononcez son nom, et aussitôt, car elle est une notoriété, il vous sera répondu :

— Absinthine !... Ah ! oui, il paraît que c'était une fille charmante ; seulement la malheureuse avait un défaut horrible.

Elle buvait.

* *

C'est vrai.

Si vrai que je vais vous conter son histoire en détail, moi qui ai pris sur son compte des renseignements précis.

Une histoire qui n'est pas compliquée, d'ailleurs, comme vous l'allez voir.

La petite Absinthine (on ne l'appelait pas ainsi alors, mais puisque c'est le nom sous lequel elle était connue...), la petite Absinthine avait trois ans au plus.

Le père était un ivrogne, un de ces ouvriers comme il y en a trop, qui déshonorent le travail, cette sainte chose !

Quand il touchait sa paye, au lieu de rentrer à la

maison, il faisait ce qu'on appelait *son voyage autour du comptoir.* Tant qu'il lui restait un sou en poche, on ne le revoyait pas au logis.

Mais quand sa dernière pièce était tombée dans le tiroir du *mastroquet*, en même temps que le dernier verre d'eau-de-vie était tombé dans le gosier du malheureux, alors, titubant, vociférant, hideux, il s'acheminait vers la mansarde où la petite Absinthine grelottait de froid ou pleurait la faim à côté de sa mère.

Il entrait en poussant la porte d'un coup de pied furibond.

Sa première parole était :

— J'ai soif !

La mère savait ce qu'il y avait derrière ce cri-là.

Des injures, des coups... peut-être un crime !

Et il fallait mettre une bouteille d'absinthe devant l'ivrogne.

Et il exigeait, jusqu'à ce qu'il eût roulé inerte sur le carreau, que l'on trinquât avec lui.

La femme d'abord, puis la petite...

Oui, la petite !

Il prenait un verre, mettait un peu d'eau dedans, une cuillerée à café de la liqueur verte par-dessus, et, collant le breuvage aux lèvres tremblantes de l'enfant :

— Allons, avale !

Si la mère intervenait, il levait le poing en l'air:

— Malheur !.. avale plus vite que ça !

Et voilà comment, pour ses débuts en ce monde...

Elle a bu !

⁎⁎

Seconde étape.

La mère n'avait qu'un but : soustraire à cet odieux contact la fille qu'elle aimait.

Car le père était devenu de plus en plus féroce dans son délire alcoolique.

On maria Absinthine.

Elle n'avait seize ans que depuis huit jours.

On n'avait pas pris grand soin ni grand souci pour ce mariage-là.

Vous pensez si l'on avait le droit d'être difficile.

Ce fut le premier venu qui cueillit cette fleur de misère.

Le premier venu se trouva être un abominable chenapan, — un de ces champignons vénéneux qui poussent entre deux pavés sur le fumier parisien.

Tous les instincts vils. Le hasard, qui n'en fait jamais d'autres, avait donné à Absinthine toutes les aspirations généreuses. Elle l'aimait, celui à qui l'on avait enchaîné sa vie.

Elle l'aimait, parce que ces natures-là ont besoin d'aimer quand même.

La première fois qu'il ne rentra pas le soir, ce fut une immense douleur. Elle pleura. Quand il revint, elle le supplia.

Il répondit par des lazzis grossiers.

Il recommençait trois jours après. Elle, alors, un soir qu'elle était seule, folle de jalousie impuissante, se souvint du temps où elle était bambine.

Elle se rappela le liquide verdâtre que son père lui avait si souvent fait avaler de force.

Elle descendit. Lorsqu'elle remonta, elle cachait une bouteille sous son pauvre châle rapiécé.

Depuis lors, la débauche du mari suivant son *crescendo*, elle aussi a suivi l'entraînement fatal.

Oui, parbleu, vous avez raison...

Elle a bu !

*
* *

Un jour, le mari n'est plus revenu du tout.

Sur quel banc de boue s'était-il échoué ?

La police correctionnelle !... la cour d'assisses ?...

Peut-être !

Ou bien, il avait roulé dans les bas-fonds de l'alphonsisme, où grouillent tant de hontes ciniques.

Le fait est quelle n'en entendit plus parler.

Un mois s'écoula, deux mois, trois mois...

Au bout d'un an, pendant lequel elle avait usé ses forces dans un travail improductif, usé son cœur dans une douleur stérile, le découragement vint.

Un découragement mauvais conseiller. Songez qu'elle n'avait pas dix-huit ans encore. Songez qu'elle était vraiment belle, malgré ses haillons.

Il passa par là je ne sais quel étudiant en quête de gibier. C'était, je crois, au jardin des plantes, un matin où elle était allé goûter un peu de soleil.

Je n'ai pas besoin de vous raconter le reste. Elle fut la maîtresse de l'étudiant.

Seulement il aimait la gaieté, ce jouvenceau.

Il reprochait à Absinthine d'avoir des airs *à porter le diable en terre.* Il lui reprochait aussi sa mine pâle et amaigrie.

Car elle commençait à toussailler de cette toux sèche et brève qui en dit plus long qu'elle n'en a l'air

— Voyons, Absinthine, c'est crevant, tâche donc de te dérider un peu.

Ou bien encore :

— Absinthine, ma fille, je ne pourrai plus te mener nulle part, si tu continues. Tu jettes un froid.

Il le lui avait répété si souvent et sur tant de tons

12

qu'elle comprit qu'il fallait obéir ou retomber seule sur le trottoir nu.

— Sois tranquille, répondit-elle un jour, je vais être gaie maintenant.

Pour la seconde fois, elle s'était rappelée son enfance.

Le soir même, à la brasserie, animée, ardente, presque folle, elle disait un refrain populaire aux applaudissements de la galerie.

Et chaque fois qu'on le lui faisait répéter, elle criait auparavant :

Garçon, une absinthe !

Cela a continué ainsi. Il fallait bien que cela continuât, il est des pentes qu'on ne remonte pas. Et chaque jour, du matin au soir, souvent aussi du soir au matin...

Elle a bu !

*
* *

Cependant, pour son malheur, elle avait des intervalles de lucidité, — je veux dire des intervalles de dégoût.... Son étudiant l'avait quittée. Un autre, qui l'avait prise à la petite semaine, l'avait quittée aussi.

Quand elle fut au quatrième, un des éclairs dont je parlais tout à l'heure lui traversa le cerveau.

Elle dit :

— En voilà assez !

C'était le soir.... Elle s'en alla à travers les ténèbres du côté de Grenelle, — un quartier où l'on
n'est pas dérangé pour les expéditions du genre de
celle qu'elle entreprenait.

Il bruissait, il ventait.... Un ciel noir, un ciel de
cinquième acte de mélodrame

Elle entra sur un pont désert.... On voyait au
loin, dans la brume, scintiller les lumières de Paris.

Derrière, les coteaux de Meudon dormaient dans
les ténèbres.

Elle n'eut pas une minute d'hésitation. Elle n'a-
vait pas un souvenir à léguer à qui que ce fût.

Tout droit, elle marcha jusqu'au milieu du para-
pet, se hissa, puis s'élança.

Un bruit sourd, qui ne fut entendu de personne....
et elle disparut sans pousser un cri.

Elle avait bu !....

Pierre VÉRON.

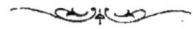

DÉMÉNAGEMENT

———

Nous étions deux dans ce logis,
Depuis le jour où nous montâmes,
Graves, émus, les yeux rougis,
Élevant vers Dieu nos deux âmes !

Nous sommes deux pour en sortir :
Le livre est à la même page.
L'aveu nous coûte, sans mentir !
Nous sommes deux, pas davantage.

Il nous plaisait, le cher abri,
Paré pour un long tête-à-tête,
Où l'avenir nous a souri,
Où deux ans l'amour nous fit fête:

Tranquilles, nous avons goûté,
Sous le toit qu'elle sanctifie,
La tendre et pure intimité
Qui par le temps se fortifie.

Et cependant nous vous quittons,
Chambrette du premier ménage !
Cœurs ingrats ! et nous emportons
Tout ce passé dans le bagage !

Bientôt l'oubli, dans son lointain,
Menacera, comme un vain songe,

L'asile où pour nous le destin
A noué ce fil qui s'allonge.

Bientôt de ce foyer discret
D'autres vont profaner le charme.
Et nous partons ! et nul regret
N'attendrit nos regards sans larme !

C'est qu'au logis décoloré
Il a manqué le bien suprême :
C'est que l'enfant n'a pas pleuré,
C'est qu'il manque un chant au poème !

O la plus étrange des lois !
Est-on seul, à deux l'on veut être ;
Est-on deux, l'on veut être trois :
L'amour est né, l'enfant veut naître !

Adieu, petit coin bien-aimé,
Où fut le lit, où fut la table,
Où maint flambeau s'est consumé
Dans mainte veille interminable !

Adieu, petit foyer sans bruit,
Bosquet muet et sans ramage,
Grenier sans blé, jardin sans fruit,
Printemps sans fleur et sans feuillage !

Adieu ! le ciel qui nous bénit
Peut-être sourit à l'échange,
Cage qui n'as pas eu de nid,
Vigne qui n'as pas fait vendange !

Eugène MANUEL.

LE BAIN DE MADAME MALIBRAN (¹)

———

A Madame L. T.

Madame,

Vous me demandez de détacher une page de ces *Mémoires*. Permettez-moi de choisir un épisode où vous trouverez deux souvenirs dignes de vous; l'art, avec ses grandeurs et ses petitesses; la charité, avec ses inspirations quasi-divines.

Mais d'abord, consentez, je vous prie, à me voir subir diverses métamorphoses. Je me rajeunis de près de quarante-huit ans. Nous voici en février 1830. Je suis étudiant en médecine, reçu interne à l'hospice des Enfants, rue de Sèvres, et attaché au service du docteur Jadelot, une des célébrités médicales de l'époque.

Mon père, riche notaire au Mans, avait rendu, à titre d'électeur influent et d'intelligent homme d'af-

———

(¹) Tiré des *Souvenirs d'un Vieux Mélomane* (Calmann-Lévy, éditeur).

faires, des services au baron de la Bouillerie, alors
intendant de la liste civile de Charles X. Camarade
de collége de François de la Bouillerie, aujourd'hui
coadjuteur de l'archevêque de Bordeaux après avoir
été évêque de Carcassonne, lauréat du concours général, vivement recommandé par mon père au baron, qui était d'ailleurs le plus hospitalier et le meilleur des hommes, je ne tardai pas à être reçu dans
sa maison avec la cordialité la plus charmante. Le
jour où j'allai annoncer à François mon admission
après un bon examen, il me dit : — « Cela se trouve
bien ! vous viendrez demain soir fêter votre succès
avec nous ; nous aurons un peu de musique. Madame Malibran et mademoiselle Sontag chanteront,
accompagnées par Rossini. Il y a même un petit
complot entre ma mère et l'illustre compositeur.
Vous savez que les deux grandes cantatrices se dé-
testent. Nous espérons amener un incident où eni-
vrées, ravies de leurs propres accents, entraînées
par notre enthousiasme, elles se réconcilieront et
finiront par s'embrasser...

— Je voudrais bien être à leur place ! dis-je, sans
deviner que je parlais à un futur évêque. »

Comme bien vous pensez, madame, je n'eus garde
de manquer à cette délicieuse soirée. Ce fut une
sorte de *juste milieu* (le mot n'était pas encore in-

venté) entre une réception solennelle et une réunion
d'intimes ; nous étions une cinquantaine ; mais quels
noms ! Et comme mon pauvre cœur battait, à moi
chétif, lorsque l'on me montrait, dans ces groupes
d'élite, M. de Lamartine, dont les *Harmonies poéti-*
ques allaient paraître ; Berryer, qui venait de débu-
ter à la tribune avec un éclat inouï ; le vicomte de
Bonald, presque octogénaire, mais encore solide
comme un chêne de son vieux Rouergue ; Victor
Hugo, dont le drame d'*Hernani* était annoncé sur
l'affiche du Théâtre-Français pour la semaine suivante ; M. de Martignac, pâle et mélancolique comme
s'il avait eu le double pressentiment de sa fin prochaine et de la chute du trône ; le baron Gérard,
peintre du roi, plus recherché dans les salons qu'ad-
miré dans les ateliers ; le baron Gros, figure de gro-
gnard, humeur de bouledogue, rude, énergique,
morose, soupçonné d'opinions bonapartistes ; Paër,
auteur du *Maître de Chapelle* et horriblement jaloux
de Rossini ; Charles Nodier, de qui Jules Janin disait que, de rêve en rêve, il arriverait à nous raconter qu'il avait été guillotiné en 1793 entre la Reine
et madame Roland ; Alexandre Soumet et Ancelot,
que le parti royaliste opposait à Casimir Delavigne
dans toute sa vogue ; Chérubini, qui n'avait qu'à
froncer le sourcil pour faire trembler tout le Conser-

vatoire ; mademoiselle Delphine Gay, beauté blonde, robe blanche, écharpe bleue, poses de Corinne au cap Misène, épaules opulentes, profil d'impératrice romaine, réussissant à être tout ensemble la *Muse de la Patrie* dans la société *libérale* et la favorite de deux ou trois duchesses dans le faubourg Saint-Germain. Toutes ces célébrités, la plupart jeunes encore ou consacrées par le temps, me mettaient en face de mon obscurité et de mon néant. Je n'avais, pour me rassurer un peu, que le visage grotesque du vicomte d'Arlincourt, ombragé d'une mèche en accroche-cœur que je n'ai jamais oubliée. L'auteur du *Solitaire* se prenait tout à fait au sérieux, ce qui le rendait bien plus comique; il se croyait sincère- ment l'égal de toutes ces brillantes renommées, par- ticipant à la fois de Chateaubriand, de Lamartine, de lord Byron et de Walter Scott. Il avait, lui aussi, son portrait lithographié, avec un aigle planant dans le ciel, une avalanche sur sa tête, un gouffre sous ses pieds et un torrent entre les jambes. — « Puisque celui-là est illustre, me disais-je, pour- quoi ne deviendrais-je pas célèbre ? »

Bordogni, Zuchelli et Santini ouvrirent le con- cert en chantant le trio *Pappataci*, de l'*Italiana in Algieri*. Puis une belle jeune personne, qui ne s'ap- pelait encore que mademoiselle Moke et qui devait

un jour faire un peu trop parler d'elle sous le nom
de madame Pleyel, obtint un très-grand succès à
l'aide d'une sonate de Beethoven, merveilleusement
jouée. Enfin parurent les deux *étoiles*. Essayerai-je
de vous les peindre? Quand je vous aurai dit que
vous ressemblez à madame Malibran, il me faudrait
le pinceau de Cot pour compléter le sens de ma
phrase. Je me risque pourtant.

Le contraste était si frappant entre ces deux
femmes exquises, qu'il en résultait une suprême
harmonie. Mademoiselle Sontag offrait le type le
plus parfait de la beauté germanique, telle que nous
la rêvons d'après les poètes sans la retrouver dans
la réalité ; ce qui la rendait incomparable dans le
rôle terrible de dona Anna, c'est qu'elle opposait à
la fougue sensuelle de la passion espagnole tout ce
que la poésie du Nord a de plus éthéré et de plus
chaste. Svelte sans maigreur, l'élégance de sa taille
s'accordait admirablement avec la régularité de ses
traits, et l'expression de sa physionomie avec ses
cheveux d'un blond cendré qui pouvaient allumer
beaucoup de feu sous leur cendre, avec la nuance
rose-thé de son teint, la blancheur marmoréenne de
son front, la douceur un peu triste de ses yeux couleur de pervenche et l'arc délié de ses lèvres, qui
semblaient tantôt sourire à l'invisible, tantôt parler

à l'inconnu. L'idéal, notre cher idéal de la vingtième
année, vague comme un songe sans réveil, doux
comme les caresses d'une sœur, frais comme la rosée d'avril, pur comme les neiges de l'Himalaya,
timide comme l'oiseau que nous surprenons dans
son nid et qui nous glisse entre les doigts en nous
laissant une plume de ses ailes, mélancolique comme un instinct d'orage au milieu des splendeurs
d'une matinée de printemps, l'idéal se révélant sous
la forme la plus délicate et chantant avec une voix
céleste, telle je trouve mademoiselle Sontag dans
mes lointains souvenirs.

Madame Malibran! Musset l'a chantée, comment
oserais-je la décrire? Elle était brune, d'une pâleur
chaude et saine qui paraissait promettre de longs
jours. Ses cheveux noirs, partagés en bandeaux sur
un front où rayonnait le génie, donnaient l'idée de
deux ailes de corbeau sur un marbre de Canova.
Ses yeux, fendus en amandes, bruns, avec des re-
flets d'or en fusion, trahissaient l'inépuisable flamme
du foyer intérieur; ils nous causaient sans cesse de
nouvelles surprises par leurs alternatives d'ardeur
dévorante et d'irrésistible langueur. Le bas du visage manquait peut-être de régularité. La bouche
était un peu grande; l'ovale s'allongeait un peu
trop; mais il aurait fallu des regards et un cœur

marquant vingt degrés au-dessous des glaces du
Spitzberg pour s'apercevoir de ces imperceptibles
défauts. L'ensemble était adorable, et, par une fa-
culté de transformation vraiment extraordinaire,
excellait tour à tour à exprimer l'espièglerie sémill-
lante de Rosine, l'émotion dramatique de la *Gazza*
et l'intensité tragique d'*Otello*. Attrayante et éton-
nante comme l'imprévu, elle mêlait d'étincelantes
lueurs de fantaisie et de gaîté à un fond de passion
qu'avaient assombri ses premiers chagrins, et dont
elle venait, disait-on, de trouver l'emploi. Il y avait
en elle de l'Espagnole, de la créole, parfois du gamin de Paris, avec les coquetteries féminines et les
grâces piquantes de la Parisienne adoptive. On ne
pouvait juger toute sa beauté qu'en la voyant, au
troisième acte d'*Otello*, penchée sur sa harpe, ses
cheveux épars sur ses épaules nues, de vraies larmes dans ses yeux de gazelle, enveloppée dans ce
peignoir de mousseline blanche qui a troublé par
tant de séduisantes images tant d'examens de l'E-
cole de Droit et de l'Ecole de Médecine. Certes, elle
possédait, elle aussi, sa part, sa large part d'idéal;
pourtant elle y ajoutait, à son insu peut-être, une
fascination sensuelle qui tenait à la fois de la vo-
lupté d'un premier désir et du mystère d'un premier
amour. Mais, que dis-je, madame? J'aurais dû me

borner à la peindre et j'étais sûr de l'embellir en vous regardant.

Rossini se mit au piano ; si j'avais pu prévoir, en 1830, un de ses mots de 1867, j'aurais dit : « *Excusez du peu !* » — Mademoiselle Sontag chanta la cavatine du *Barbier : « Una voce poco fa. »*— Ensuite, madame Malibran nous dit la cavatine de *la Gazza :* « *Di piacer mi balza il cor !* » Pour vous faire comprendre comment ces deux morceaux furent chantés je n'ai qu'à répéter ce qui se chuchotait parmi mes voisins : « Elles se surpassent ; on croirait qu'elles se défient ; jamais, jamais on n'entendra rien de pareil ! » — Puis vint le grand *duo* de Sémiramide et d'Arsace : — « *Eh ! ben, a te ferisci !* » Le seul défaut de cette délicieuse musique est d'être un peu trop fleurie ; les deux cantatrices en profitèrent pour parsemer le texte original de traits d'un goût si exquis, que le compositeur, au lieu de se fâcher, paraissait ravi. Mais lorsque arriva le fameux *andante : « Giorno d'orrore, Giorno di contento !* » lorsque, aux accents de défi et de menace échangés entre le fils et la mère, succéda le chant d'apaisement et de tendresse : « *T'arresta o Dio…* » Quand ces deux voix s'unirent ou plutôt se fondirent avec une suavité comparable à un baiser qui chanterait, l'admiration de cet auditoire, où se reconnaissaient toutes les variétés du dilettantisme, fit place à une véritable extase. « Comment peut-on se haïr quand on s'accorde si bien ? » disait derrière moi M. Ancelot, grand amateur de *concetti.* J'apercevais des larmes dans de bien beaux yeux. Toutes les glaces mondaines, sottement qualifiées de bienséances, disparaissaient comme si une invisible fée eût agité sur nos têtes sa baguette magique. C'était le point culminant de la soirée, le moment attendu et espéré par la maîtresse du logis. A la fin du *duo,* Rossini se leva avec une émotion très-sincère : « Oh ! c'est trop beau ! dit-il ; j'étouffe... mesdames, on s'embrasse ! »

Et, donnant l'exemple, il serra dans ses bras les deux rivales ; puis, d'un geste brusquement amical, il les poussa l'une vers l'autre.

Mais hélas! la glace s'était reformée plus vite qu'elle ne s'était rompue. Madame Malibran fit un mouvement en arrière ; mademoiselle Sontag, très-fière, sûre de devenir bientôt tout à fait grande dame (elle l'était déjà) par son prochain mariage avec le comte de Rossi, ne montra pas plus d'empressement ; bref, l'effet fut absolument manqué ; il en résulta une telle sensation de froid et de malaise, que Rodolphe d'Appony, *la fleur des pois* de ce mémorable hiver, s'élança vers le piano et pour faire diversion

se mit à jouer d'abord *l'Invitation à la valse* de
Weber, puis la valse du *Freyschütz*. Aussitôt le fils
aîné de la maison engagea mademoiselle Sontag. Le
bel Antonin de Noailles s'empara de madame Malibran. C'est peut-être la première fois, — disons-le en
passant, — que fut supprimée cette absurde ligne de
démarcation qui, dans les salons aristocratiques,
faisait, pour quelques heures, d'une grande artiste
l'inférieure d'une guenon armoriée ou d'une douairière authentique.

On a souvent parlé de la prodigalité des avares et
de la bravoure des poltrons. Cette musique m'avait
plongé dans un tel état d'ivresse, que je n'étais plus
moi, un pauvre étudiant bien timide, mais un somnambule, un halluciné, un personnage d'Hoffmann,
errant, une lanterne sourde à la main, à travers des
sphères inconnues. J'oubliai que j'étais timide et
j'invitai madame Malibran pour la troisième valse.
Elle accepta, en me regardant d'un petit air mater-
nel d'autant plus drôle qu'elle n'était mon aînée que
de deux ans.

Je valsais très-médiocrement ; mais, chose bizarre ! Desdemona valsait assez mal. Elle m'en fit
elle-même la remarque en ajoutant : « C'est que,
Dieu merci ! je n'ai rien de germanique ! (*tedesco !*) »
avec une intention trop soulignée. Cinq minutes

après, nous nous arrêtâmes, et elle me dit, en espagnol, une phrase que je ne compris pas très-bien,
mais qui, traduite en français de boulevard, signifiait : « Cette grande blonde ! quelle pimbêche ! Le
plus souvent que je l'embrasserais ! » Après quoi,
toujours en espagnol, elle me parut jouer sur le
nom de *Rossi*, et je n'ai jamais su si son jeu de
mots voulait dire que cette blonde était rousse, ou
si, pour la dépeindre aux compatriotes de Don Qui-
chotte, il eût suffi d'adjoindre au nom du futur
mari d'Henriette Sontag celui du chef-lieu de la
Loire-Inférieure. Ce fut la seule fausse note de la
soirée.

Quand la valse fut finie, madame Malibran me
pria d'aller m'informer, dans l'antichambre, si sa
voiture était arrivée : « C'est, me dit-elle simplement, qu'il est beaucoup plus de minuit ; et, demain, il faut que je me lève de très-bonne heure. »

Le lendemain, à sept heures du matin, j'étais
rue de Sèvres, à l'hospice des Enfants. Je trouvai
les bonnes sœurs consternées. Le docteur Jadelot
venait d'ordonner d'urgence un bain pour un enfant
atteint de convulsions effrayantes ; cet enfant résistait avec une telle violence, qu'il était évident
que, si on essayait de le baigner de force, l'horrible
crise redoublerait, et qu'il mourait avant d'être

dans l'eau. Comment faire ? En ce moment, je vis
entrer une jeune femme, et quelle ne fut pas ma stu-
peur en reconnaissant madame Malibran ! C'était
elle, oui, c'était bien elle! On a dit que, dans ces occasions, elle s'habillait en sœur de charité. Elle eût
regardé ce déguisement comme une profanation.
Elle était vêtue de noir ; je m'imagine que son costume devait ressembler à celui de ces *béates* Espa-
pagnoles dont il est parfois question dans les récits
de Mérimée, et, si je ne craignais à mon tour de
profaner un bon souvenir par une plaisanterie d'un
goût douteux, je dirais que cette béate faisait songer à une neuvième béatitude. Les sœurs, qui semblaient habituées à ses visites, la mirent au courant
de la situation. Alors, elle s'approcha de l'enfant,
toujours en proie à des convulsions épouvantables,
et, d'une voix caressante :

« — Mon enfant ! lui dit-elle, si je vous chantais
quelque chose, consentiriez-vous à entrer dans ce
bain qui doit vous sauver la vie ? »

De plus en plus agité, le petit malade ne répondit
pas ; il ne parut pas même avoir entendu. Madame
Malibran ne se tint pas pour battue ; elle chanta sa
célèbre romance : « *Bonheur de se revoir!...*», puis
le *bolero* madrilène : « *Io che son contrabandista !* »
chanson populaire, dont elle avait fait un chef-d'œu-

12

vre de passion et de verve. Vous figurez-vous, madame, l'effet de ce chant, tout en demi-teintes, entre les murailles nues d'une salle d'hôpital?. Ce fut comme une douce clarté d'aurore s'infiltrant peu à peu à travers les froides ombres d'une nuit d'hiver. Les bonnes religieuses ne s'étaient jamais trouvées à pareille fête; elles joignaient les mains, elles retenaient leur souffle, elles levaient au ciel leurs yeux humides de larmes, croyant peut-être entendre un de ces anges que *Dieu lui-même écoute* (Lamartine). Quant à moi, je redevenais l'halluciné de la veille; je m'imaginais que je m'étais endormi dans le salon de madame de la Bouillerie aux derniers accents de Sémiramide et d'Arsace, et que je continuais mon rêve. Mais l'enfant resta complétement insensible à ce prodige de l'art mis au service de la charité. Il était trop jeune pour le comprendre ou trop souffrant pour en jouir. Lorsque les sœurs essayèrent de le rapprocher de la baignoire, il se débattit dans leurs bras comme un possédé, avec des cris si aigus qu'ils brisaient toutes nos poitrines. — « Allons ! c'est fini, il n'y a rien à faire ! il faut le laisser mourir ! » dit une des sœurs en pleurant.

En ce moment, le front de madame Malibran s'éclaira d'une lumière surhumaine. Un sourire angélique se dessina sur ses lèvres ; elle prit une des mains brûlantes du malade, et lui dit :

« — Cher enfant, si j'entrais dans ce bain, refuserais-tu de t'y laisser mettre avec moi ? »

Cette fois, elle fut entendue ; l'enfant fit un léger signe de tête e cessa de crier. Aussitôt internes, étudiants et infirmiers s'écartèrent avec une admiration respectueuse, et je puis vous assurer que pas une image sensuelle ne vint se mêler à cet enthousiasme et à ce respect. Les religieuses entourèrent la cantatrice ; elle se mit au bain, et tendit les bras à l'enfant qui n'opposait plus de résistance. Cinq minutes après, il s'endormait paisiblement sur l'épaule de Desdemona.

Vous devinez aussi, n'est-ce pas ? que, une heure plus tard, je guettais madame Malibran à sa sortie. Elle m'aperçut, me reconnut, et, ne me permettant pas d'achever une phrase que mon trouble m'aurait probablement empêché de finir, elle me dit :

— Jeune homme, retenez bien ceci : il est plus difficile d'embrasser une rivale que de faire une bonne œuvre !

A. DE PONTMARTIN.

L'AME DU BLÉ

—

En juin, on voit sortir de terre, germe obscur,
Une larve bizarre et qu'étonne l'azur,
Ayant l'aspect d'un ver et des rudiments d'ailes.
Telles sont tout d'abord les cigales nouvelles.   .

Mais bientôt, s'enfantant soi-même avec effort,
De sa légère peau morte l'insecte sort,
Frais, humide, étalant ses quatre ailes ouvertes,
Tout vert comme les blés aux belles tiges vertes.
Il ne sait pas chanter ni s'envoler encor :
Le chant divin viendra plus tard, avec l'essor.
En attendant, sous l'herbe et parmi les feuillées,
La cigale, buvant au creux des fleurs mouillées,
Rampe, évitant le bec du moineau trop hardi,
Et se chauffe immobile au soleil du midi.
Le blé ne grandit plus, mais il est vert encore ;
Il boit l'éclat du jour torride, — et s'en colore :
Tel l'insecte devient jaune et blond, puis pareil
Aux épis roux et chauds pénétrés de soleil ;
Le feu vivifiant affermit son corps frêle,
Et, donnant leur vigueur aux nervures de l'aile
Qui deviennent d'un noir intense de velours,
Tend la membrane molle et fine des tambours
Qui trembleront bientôt de notes musicales,
Et que nos bruns enfants, tourmenteurs de cigales,
Sous les écailles d'or du ventre, savent voir
Luire en elles, polis comme un double miroir.

O mystère charmant surpris sous vos écailles !
Nul n'a vu votre sang en vous ni vos entrailles,
Cigales ; vous n'avez rien en vous de caché,
Rien que votre instrument à vous-même attaché !
Vous n'êtes qu'une voix, qu'une chanson vivante ;
Et lorsque la moisson, par le mistral mouvante,
Comme notre mer blonde ondule sous l'azur,
Alors, mûres aussi, vous, âmes du blé mûr,
Pareilles aux épis, brûlantes et dorées,
Vous chantez la lumière et les moissons sacrées !...
Silence ! près de nous la cigale a chanté ;
Elle est là, sur ce pin jaunissant de l'été ;
Voyez : elle s'écoute, heureuse ; elle travaille,
Puisque de ses longs cris tout son être tressaille ;
En extase, attentive, elle ne nous voit pas,
Mais tout à coup, ayant entendu notre pas,
Elle nous a compris, et par instants muette,
A s'enfuir brusquement, furtive, elle s'apprête...
Nous la gênons ; elle aime à chanter sans témoin ;
Et, — quand elle se tait, — on peut ouïr au loin,
Bruit qui monte et s'abaisse en strophes inégales,
Le tronc rugueux des pins résonner de cigales.

C'est la maturité des blés qui chante ainsi !
L'épi, sous les rayons incandescents roussi,
Froissant l'épi voisin, craque, et la moisson mûre,
Ne pouvant pas chanter sa gaîté, la murmure,
Et ravive, adoucit et renfle tour à tour
Son bruit que la cigale imite tout le jour,
Surtout à l'heure ardente où l'ombre bleue est tiède,
Où la mouche revient au dormeur qu'elle obsède,
Où le silence enfin plane avec le sommeil

Dans un vent doux et lourd tout chargé de soleil.

Un jour les blés criants tombent sous les faucilles :
Les cigales encor font éclater leurs trilles,
Et leurs cris déchirants répètent un adieu
A la chaleur du ciel étincelant et bleu...
Les moissonneurs lassés maudissent ces pleureuses...
Et plus tard, quand les champs sont livrés aux glaneuses,
Lorsque sur l'aire on voit, du soleil dans les crins,
Les chevaux piétiner l'épi gonflé de grains,
La cigale confie, avant que de se taire,
Blé vivant, sa semence immortelle à la terre.

Près de l'aire parfois un tas de gerbes d'or
Sous les souffles errants frissonne et parle encor,
Mais déjà l'on n'entend qu'à de longs intervalles
L'hymne d'été, le bruit des blés et des cigales;
Et quand la paille est vide et qu'un vent assoupi
Chasse en fins tourbillons les restes de l'épi,
Quand gisent les blés morts au fond des granges pleines,
La cigale aussi meurt, jusqu'aux moissons prochaines...

                                        JEAN AICARD

LE DIRECTEUR DE L'ACADÉMIE FRANÇAISE

A M. RENAN

EN RÉPONSE A SON DISCOURS DE RÉCEPTION

(Extrait)

. . . .

Oui, vous avez raison de le dire, le christianisme a créé la doctrine de la liberté des âmes ; il leur offre un refuge assuré contre les abus de la force, contre les iniquités et les maux de la vie. Les martyrs se sentaient libres, dans les prisons, sur les bûchers, sous la hache du bourreau, sous la dent des bêtes féroces ; leurs âmes, affranchies des liens terrestres, s'envolaient sur les ailes de l'espérance vers le royaume de Dieu. Aujourd'hui encore, partout où il y a une souffrance et une foi, la douleur paraît moins amère : dans l'élan des supplications adressées au ciel, la pensée se détache des maux présents et conquiert la félicité de l'avenir. A tant d'êtres qui souffrent et qui pleurent, que la misère étreint ou qui survivent à leurs plus chères affections, que reste-t-il pour les consoler de la vie ? L'espoir d'un

monde meilleur, la confiance dans la miséricorde,
dans la bonté divines. Les malheureux ont besoin
de croire; ne touchons jamais d'une main téméraire
à ce trésor du pauvre, à cette suprême consolation
des malades et des affligés. Nous leur devons le
respect de leurs croyances, comme une partie du
respect auquel a droit le malheur, auquel a droit la
pauvreté.

Quels furent les premiers disciples de Jésus ? Les
choisit-il, comme l'eût fait un philosophe grec,
parmi les plus instruits et les plus éclairés de ses
compatriotes ? Il s'adressa tout d'abord aux igno-
rants, aux simples, aux pauvres, aux déshérités.
Le caractère dominant de la religion nouvelle fut
de relever ce que le monde abaissait, de promettre
le royaume de Dieu, non aux savants, ni aux puissants, ni aux riches, mais aux cœurs purs et naïfs,
aux âmes épurées par la souffrance. La société
idéale dont l'Evangile annonce l'avénement au-delà
des limites de la terre sera le contre-pied des socié-
tés humaines. Les premiers rangs et les meilleures
chances de félicité y appartiendront aux petits et
aux humbles ; ce sera un titre d'être pauvre et d'a-
voir souffert, un danger d'avoir été riche et heureux. Jamais les illusions et les préjugés qui rè-
gnent parmi les hommes ne furent moins ménagés,

jamais on ne montra mieux la vanité des biens que le monde estime, le néant de la gloire, de la richesse, de la prospérité, du bonheur. Aussi la foule suivait-elle les pas du divin Maître en s'enivrant de sa parole, tandis que l'aristocratie de la Judée, les prêtres, les docteurs, les pharisiens le condamnaient à mort. On le punissait, non d'avoir ameuté le peuple contre les pouvoirs établis qu'il respecta toujours, mais de ne laisser debout aucune des conventions, aucun des mensonges par lesquels les hommes trompent et dominent leurs semblables. Aux yeux de ses adversaires, Jésus commettait un crime plus grand que s'il avait aspiré au gouvernement ; il apprenait aux victimes des inégalités sociales à s'affranchir de la domination d'un maître ou d'une caste par la liberté de la prière et de la foi. Comment les puissants de la terre lui eussent-ils pardonné ? Il avait beau ne pas conspirer contre eux ; il leur enlevait leurs sujets pour les transporter hors de leurs atteintes dans le royaume de son Père. Il leur laissait les corps, mais il leur avait pris les âmes et il ne les rendait plus.

MÉZIÈRES

de l'Académie Française

LA VENTE APRÈS DÉCÈS

Elle était seule, et ceux qu'elle aimait sur la terre
Etaient cachés dessous : mère, époux, fille, sœur.
Quand elle s'asseyait au foyer solitaire,
En réchauffant ses pieds, elle avait froid au cœur.

Elle mourut ; la mort vint, bienfaisante et bonne,
La rendre au cercle aimé logé chez l'Eternel.
Pourquoi vivre ?... Sur terre, elle n'avait personne,
Mais elle connaissait beaucoup de monde au ciel.

Or, ses collatéraux, ouvrant leurs mains pressantes,
Vers l'héritage ouvert vinrent avec transport,
Dérisoires parents des immeubles, des rentes,
Cousines de l'écrin, neveux du coffre-fort.

Sous de sombres couleurs voilant leur âpre joie,
Ils mettent avec faste un long crêpe au chapeau.
La mort les fait venir ces noirs oiseaux de proie,
Qui portent le grand deuil, ainsi que le corbeau.

Ils entrent les yeux secs et bientôt, pauvre femme,
Ils vendront ces objets, tous pleins de ton passé,
Ces meubles, qui s'étaient comme empreints de ton âme :
Un logis est une urne où le cœur s'est versé.

Chacun d'eux va cherchant, profanant ce qu'il touche.
Secrétaire et bureau cessent d'être discrets ;

Chaque tiroir fouillé s'ouvre comme une bouche,
Et de la pauvre morte il conte les secrets.

Et l'on jette au panier les lettres de sa mère,
Qu'elle relut vingt ans !... mais vous, bons du Trésor,
Titres de biens, plus beaux qu'un poème d'Homère,
On vous garde, ô papiers couverts de poudre d'or !

La vente après décès s'ouvre : marchand, marchande,
Revendeur, colporteur, alléchés par l'appel,
Accourent, comme font ces ours d'humeur friande,
Qui dévastent la ruche et s'emparent du miel.

Et Jeanne la servante, avec des pleurs, contemple
Tous ces chers souvenirs, qu'ils nomment mobilier,
Et voit en frissonnant tous ces vendeurs du temple
Apprécier, sonder, palper, déprécier.

— Un fauteuil, trente francs ! — Trente-quatre ! — Quarante !
— Adjugé. — Ce fauteuil, ami du coin du feu,
Quand tout l'abandonnait, offrait à la mourante
Ses deux bras... Une mère en eût fait un prie-Dieu !

— Un lit, cent francs ! redit le crieur à la foule.
Et l'on ose adjuger jusques à l'oreiller
Qui de sa tête encor semble garder le moule,
Et de tous ses amis lui resta le dernier.

Puis on vend la pendule, une voix familière
Qui lui disait jadis : « Enfant, il faut courir
Au bal ! » et qui, plus tard, sonnant l'heure dernière,
Lui dit comme un trappiste « O sœur ! il faut mourir ! »
On vend sa montre d'or, un peu vieille comme elle,

Qui battait sur son cœur, en compagne fidèle :
La montre marche encor, le cœur s'est arrêté.
Son cher paroissien, si souvent feuilleté
Qui garde à maint endroit l'empreinte de son pouce,
N'est qu'un livre au rebut, que le marchand repousse.
Ces feuillets, qu'une fille eût baisés et bénis,
Pour ces froids revendeurs sont des feuillets ternis.

Le chien qui se cachait sous un fauteuil dans l'ombre,
En grognant sourdement, regardait d'un air sombre :
Sa maîtresse aimait tant ce regard presque humain !
Quand on n'a plus d'amis qui vous donnent la main,
Il faut bien chercher ceux qui vous donnent la patte.
Elle aimait son chien blanc, au collier d'écarlate,
Page, ombre, compagnon qui suivait tous ses pas ;
Dont la langue léchait et ne médisait pas ;
Cet ami doux pour elle, et pour d'autres farouche,
Dont le museau soyeux valait bien une bouche,
Car il n'avait jamais de baisers de Judas !
Et le chien l'attendait... car il croyait, hélas !
Que ceux qui sont sortis rentrent toujours au gîte.
Un des collatéraux lui déplaît et l'irrite,
Il s'élance et le mord... Epagneul, tu fais bien !
Quelquefois la justice est sous la dent du chien.

L'héritier furieux le regarde... O fortune !
Il est beau, fier, soyeux, sa robe blanche et brune
Sera la toison d'or... Et l'héritier charmé
Met en vente le chien, comme un meuble animé.

La servante frémit, sort de son apathie ;
Car elle a pour le chien la douce sympathie

Que les honnêtes gens doivent avoir entre eux.

Elle obtient au rabais l'épagneul, puis tous deux
En se disant tout bas : « Cruel sort que le nôtre ! »
De la triste maison s'en vont, l'un suivant l'autre.

Les héritiers sont seuls, comptent les sacs d'argent :
Leurs regrets, s'ils en ont, vont alors s'allégeant :
La consolation est dans le secrétaire ;
Quand le trésor est lourd, la douleur est légère.

Si la morte, d'en haut, vit démeubler son nid,
Oh ! ne la plaignez pas ! Que lui font à cette âme
Qui voit près de son Dieu, près du soleil de flamme,
La famille adorée et son cercle béni,
Que lui font maintenant cette parenté vile,
Ce coin numéroté, cet abri dans la ville ?
        Elle loge dans l'infini.

                       Anaïs SÉGALAS

UN EX-LIBRIS MAL PLACÉ

HISTOIRE D'HIER

———

> Oyr, ver y callar, rezias cosas son de
> obrar.

Comment, mon cher, me dit un jour certain
Bibliomane, mauvaise langue, comment pouvez-
vous ignorer ce que les confrères du célèbre Bibliophile Z. se murmurent bien bas, bien bas à l'oreille,
en le voyant passer !

Eh ! que peut-on dire, bon Dieu ! —Le Bibliophile
Z. est, à ce qu'il paraît, le plus parfait honnête
homme qui se puisse voir.

Certes, je n'oserais un instant supposer le contraire !

Que dit-on, alors ?

On raconte avec malice qu'il a placé son *ex-libris*
sur le livre d'autrui.

Sur le livre d'autrui ! — C'est, en vérité, la première fois que j'entends ce vilain propos.

L'histoire est adorable.

Dans ce cas, je vous en prie, contez-la moi.

Volontiers, — cependant, je dois vous prévenir,
— elle est du ressort de la *Chronique scandaleuse.*

Peu importe, je serai discret.

Vous m'en donnez l'assurance ?

En toute loyauté.

C'est un document de haute curiosité que je vous
livre. — Je commence donc :

Vous connaissez, n'est-il pas vrai, le bonhomme
en question ? Grand, sec, nerveux, la face glabre et
émaciée, les cheveux blond-châtain comme du ma-
roquin Lavallière, les yeux petits et vifs, dardant,
derrière leurs lunettes, une prunelle de ce vert particulier aux bouteilles d'eau minérale ; sans doute,
vous l'avez vu passer maintes fois sur les quais, aux
environs de l'Institut, serré dans une longue redin-
gote noire, proprement guêtré, le chef recouvert
d'un gibus mat à larges bords ; presque toujours
affaissé sous le faix d'une prodigieuse quantité de
brochures qui lui arrondissent le bras affreusement. Le Bibliophile Z. est un de nos plus savants
Hellénistes, très-estimé de tout ce qui se nourrit du
siècle de Périclès. C'est un Spartiate littéraire, un
fanatique de livres qui se ferait plutôt tuer que de
manquer une seule fois la tournée bibliopolesque
qu'il entreprend quotidiennement. En homme sage,
il a fait camper ses *desiderata* dans le domaine

attique, rien ne saurait le distraire de ce but; son rêve le plus vif serait de recueillir les épaves de la fameuse *Bibliothèque de Coislin*, en un mot, il donnerait la *Bible de Mayence* 1462, pour un *Sophocle d'édition Aldine, Venise,* 1502, ou l'EURIPIDE.

La description est fort exacte, mais je ne vois pas... ?

Impatient ! Daignez au moins écouter.

Le Bibliophile Z. passe tout son temps, soit à la recherche de ses *merles blancs*, soit à la *Nationale*, soit dans des Académies savantes, soit encore au dîner des *Helléno-Bibliognostes* dont il est président. — Levé de très-grand matin, il déjeune de Théocrite qu'il adore, puis, grand disciple de l'Ecole de Salerne et de Louis Cornaro, il soupe sobrement et le soir, à neuf heures, il se couvre le front, il soupire et s'endort.

Tout cela ne me dit pas ?

De grâce, une minute ! nous arrivons au fait.

Il y a trois ans, las de traduire et commenter Aristénète, Epicure et Athénée dans l'égoïsme du célibat, notre érudit songea sérieusement au mariage et se résolut à prendre femme. Ses relations étendues, ses succès de savant, l'intégrité d'un nom ancien dans la robe lui firent trouver une frêle et

exquise jeune fille, une adorable Parisienne, fine,
gaie, spirituelle jusqu'au bout des talons, qui consentit à troquer sa fraîcheur contre un parchemin,
à livrer sa jeunesse à cette longue racine grecque :
Mlle*** devint, pour tout dire, la rose de ce buisson.

Dans les premiers temps de cet hymen, Z. fut pour
sa femme rempli de mille prévenances, de petits
soins, d'effusion, je dirais presque d'amour, si je ne
craignais de profaner ce mot; on eût dit qu'il subissait
en quelque sorte l'influence d'une palingénésie inté-
rieure. Il se montra tour à tour léger, galant, mon-
dain, presque anacréontique ; on le vit parcourir
l'Italie avec sa toute gracieuse compagne, puis, de
retour à Paris, fréquenter les soirées, la Comédie,
l'Opéra, — que vous dirai-je ? Z. ne fut réellement
pas trop Grec dans ce charmant jeu du mariage ; —
sans oublier Minerve, mollement, il taquina Vénus ;
Mentor céda quelquefois la place à Télémaque,
mais, hélas ! au bout de quelques mois Télémaque
disparut, les muscles de notre Bibliophile, habitués
au calme salernitain, s'énervèrent peu à peu ; il re-
devint Mentor pour toujours. — L'Alpha, l'Oméga,
l'Iota souscrit, hellénisèrent de nouveau son cerveau.— Mme Z. fut veuve. — Du vivant de son mari,
l'étude enterra son époux.

La pauvre petite femme se désola tout d'abord,

13

comme bien vous le pensez ; abandonnée une partie
du jour à elle-même, voyant, aux heures du dîner,
son mari, plongé dans quelque vieux volume, lui
adresser à peine certains menus propos ; isolée
dans sa chambre des soirées entières, la vie, à ses
yeux, prit vite une teinte grise et horriblement monotone. Il lui fallait sortir à tout prix de ce milieu
momifié, elle en sortit, se lança dans les fêtes mondaines et fut considérée par tous comme la plus
heureuse et la plus élégante de nos Parisiennes.
Elle eut une cour de jeunes hommes brillants, cor-
rects et fats qui papillonnèrent autour de sa lumi-
neuse beauté ; mais dans ce tourbillon artificiel,
parmi les rires et les galanteries fades, madame Z.
sentit mieux que jamais le vide de son existence ; la
solitude avait fait plus vaste son besoin d'aimer, les
distractions extérieures ne purent calmer les vagues
palpitations de son cœur, et un beau jour enfin, sa
vertu dut capituler devant les attaques passionnées
d'un bel Antinoüs au col puissant. — Il me faudrait
tout un chapitre dans la manière ciselée des Dumas
fils, des Flaubert ou des Zola, pour vous décrire les
phases sublimes de cet amour adultérin enveloppé
de l'indifférence, ou plutôt de la cécité homérique
de notre Helléniste ; mais je ne dois pas oublier que
je vous raconte une historiette et que je ne fais pas

un roman ; j'arriverai donc de suite au point pathétique. — Madame Z. s'aperçut, hélas ! à ses dépens,
que le bel Antinoüs, différent en cela de son mari,
savait reproduire autre chose que des anciens textes;
elle sentit ce que les Précieuses, si ingénieuses dans
leurs métaphores, nommaient : *Le contre-temps de
l'amour permis.*

Lorsque cet incident ou accident se manifesta, le
Bibliophile Z., le monstre ! se trouvait n'avoir pas
lu depuis plus d'un an, en compagnie de sa femme,
les fameux préceptes du casuiste Sanchez : *De Ma-
trimonio.* Vous jugez si la situation se montrait
sombre et critique. Z. pouvait se révolter et traduire
négativement le : *Quem nuptiæ demonstrant.* — Or,
voici ce qu'il advint :

Un soir, après le tête-à-tête d'un fin dîner, dans
lequel la truffe brune avait évaporé son arome exquis, le Bibliophile Z., qui s'était retiré dans son
cabinet de travail afin de se délasser dans la lecture
des *Philosophumena* d'Origène, fut mandé subitement chez sa femme.

Profondément attristé d'abandonner Origène pour
son épouse, il se rendit d'assez mauvaise grâce à
cette invitation et fut reçu dans cette même chambre à coucher dont l'ingrat n'avait pas franchi le
seuil depuis si longtemps.

Madame Z. l'attendait, assise sur une chauffeuse près de l'âtre, les yeux brillants et allumés d'un feu étrange, les pommettes rosées, plus ravissante que jamais, — de longs soupirs tendres et étouffés soulevaient les rondeurs de sa gorge, dont on voyait l'éclatante beauté sous le décolleté d'une délicieuse tunique de cachemire blanc garnie de point d'Angleterre coquillé. Ses petites mules de satin à barettes mauves chuchotaient impatiemment sur le tissu soyeux d'un coussin et un œil indiscret eût découvert les fines attaches d'une jambe merveilleuse, emprisonnée dans le lilas pâle d'un bas brodé au coin. — Les rideaux de la chambre étaient tirés, — peut-être aussi les verroux. — Il y avait dans l'air comme un parfum enivrant de discrétion et de libertinage, et des petits amours, dans le coloris de Boucher, faiblement éclairés, se lutinaient, semblant jaillir des dessus de porte dans un effarement de malice et de curiosité voluptueuse.

Le Bibliophile Z. ne vit rien de tout cela ; projetant en avant l'angle rude de ses jambes et sans même retirer une toque de velours noire enrichie de grecques, il s'affaissa méthodiquement sur un siége, à côté de sa femme qui lui fournit habilement un prétexte plausible à la démarche inusitée qu'elle venait de faire auprès de lui.

La mignonne créature fut ravissante de coquetterie raffinée, d'esprit mordant, de verve délicate, elle
donna cours à toute la mutinerie de ses heureux
jours passés, elle se fit enfant, gamine même, trouvant des trésors de sensiblerie dans l'évocation d'une
douce lune de miel trop tôt métamorphosée en vi-
laine lune rousse. Elle précisait ses souvenirs avec
des pudeurs de jeune fille, riant tout à coup, puis
baissant lentement ses longs cils comme pour om-
brager sa rougeur naissante. — Elle s'était rapprochée, — les plis moelleux de sa robe, dessinant des
contours qu'eût enviés Clodion, frôlaient le sévère
pantalon noir du savant; à genoux sur le coussin,
dans une pose alanguie et féline, montrant les fos-
settes rieuses de ses beaux bras nus, elle caressait,
elle embrassait les mains roides et froides, aux on-
gles secs et carrés de son époux. — Ses lèvres rouges et humides se crispaient dans l'attente des baisers, l'amour enfin semblait déborder avec rage de
la vitalité de ses sens.

Saint Antoine n'eût pas résisté; le Bibliophile Z.
résista — pétrifié, rigide comme un palimpseste,
pas un de ses muscles ne bougea. Il songeait à
Lucien, à Eubule, à Xénarque, à Aristophane. Il
relisait en mémoire les ruses féminines de l'antiquité et son œil vert s'était froidement arrêté sur

l'excès de certaine courbe dont il était assuré d'être et d'avoir été l'asymptote.

Il se leva enfin, avec le calme majestueux d'un président qui lève une séance, et, prenant congé de sa femme, aussi brutalement galant que s'il se fût agi d'une facture à payer : Dormez en paix, Madame, dit-il, dormez en paix... *Je le reconnaîtrai.*

. . . .

Voilà pourquoi, me dit mon bibliomane en terminant son récit, les confrères du célèbre Bibliophile Z. se racontent bien bas, bien bas, en le voyant passer, qu'il a placé son *Ex-libris* sur le livre d'autrui.

— Entre nous, — fit-il pas mieux que de se plaindre ?

Octave Uzanne.

A UNE JEUNE DEMOISELLE (¹)

Est-ce donc une enfant encore
Qui fait si bien rêver amour ?
Des baisers que sa lèvre ignore,
Ses yeux disent : voici le jour.

J'entendrai toujours le murmure
De mes soupirs, même incompris.
Des siens ils marquent la mesure
Si n'est que joué son mépris.

Faut-il aimer Berthe ou la craindre ?
Puisqu'on dit que, dans les amours,
Le plus tendre est le plus à plaindre,
J'aurai donc le dessous toujours !

Si tu me fuis, oh ! merci, Berthe ;
Mais si tu retournes les yeux,
Dussé-je courir à ma perte,
C'est sur tes pas que je la veux.

LEFEUVE.

(¹) Maintenant Mᵐᵉ Lefeuve.

—ᴏᴏᴐᴏᴊᴏᴏ—

LE BOULEVARD ET LE BOULEVARDIER

Les Boulevards de Paris, voilà un titre séduisant !
C'est comme si l'on disait : la fine fleur, l'élixir, la
quintessence de Paris. Le mot de *boulevard* est l'un
de ceux qui sollicitent toujours le chroniqueur : il
ne saurait l'entendre sans dresser l'oreille et aspirer
l'air de ses narines frémissantes, comme le cheval
de guerre qu'invite le son de la trompette.

Le boulevard n'existe qu'à Paris. Les autres capitales ont des quais superbes, des avenues magnifiques, des églises, des palais, des monuments, des
musées, des places publiques décorées de statues et
de fontaines jaillissantes, des jardins et des prome-
nades pleins d'ombrages, de mystères, de parfums
et de chants d'oiseaux. Paris seul a ses boulevards.
Je sais bien qu'on a essayé d'en faire ailleurs.
Bruxelles, qui avait déjà la Senne et les galeries
Saint-Hubert, a voulu s'offrir une petite contrefaçon
des boulevards parisiens. L'administration de
Vienne, fatiguée d'entendre les bourgeois du Graben
parler de ces lieux délicieux avec des soupirs de
regret, a fini par se dire : « Eh bien, après tout, ce

n'est pas si difficile à faire, un boulevard ! Puisqu'ils y tiennent tant, nous allons leur en donner. »
Et elle a tracé l'immense demi-cercle qui s'ouvre
au Stuben-Ring et se ferme au Schotten-Ring. Ils
sont charmants, ces boulevards de Vienne, mais ce
n'est pas encore cela. On peut bien imiter les boulevards parisiens, ses trottoirs, ses maisons, ses
cafés, ses magasins ; mais l'atmosphère raffinée
qu'on y respire, la flamme subtile qui brûle et fait
flamber tous les esprits, voilà des choses qui ne
s'imitent pas. Le boulevard sans Paris, et surtout
sans le Parisien, c'est le cadre sans le tableau, l'habit sans le moine, le corps sans l'âme. A quoi bon le
boulevard, si l'on n'a pas le boulevardier, c'est-à-dire
ce produit d'une civilisation portée à sa plus haute
puissance, *avancée* jusqu'à la corruption, truffée,
faisandée, accommodée aux sauces les plus exquises
et les plus compliquées, telles qu'il en faut aux gour-
mets blasés par l'abus de la bonne chère,—trempée
dans l'absinthe, le marsala, le château-laroze, la
tisane de la veuve Cliquot et la fine-*champagne*,
comme Achille dans le Styx, cuite et recuite enfin
au triple feu d'enfer, dans cette fournaise d'où l'on
sort affiné comme l'acier, souple et meurtrier comme
un fleuret !

Ce n'est pas assez dire que le boulevard n'existe

qu'à Paris. Il faut ajouter que Paris lui-même n'a
qu'un boulevard, bien qu'il en ait plus de soixante.
On a vulgarisé ce mot en l'étendant à toute sorte de
voies, pourvu seulement qu'elles eussent vingt mètres
de large; on l'a appliqué à tort et à travers, sans
tenir aucun compte de la signification étymologique,
non plus que des droits acquis. Ni le boulevard des
Amandiers ou du Montparnasse, ni le boulevard de
Sébastopol, ni même les boulevards Haussmann et
Malesherbes, malgré les noms qu'ils portent, ne
sont le *boulevard*. Personne ne s'y trompe. Quand
on dit le *boulevard*, sans autre désignation, cela
veut dire, en gros, l'espace qui s'étend de la Ma-
deleine à la Bastille; en particulier, du nouvel
Opéra au faubourg Poissonnière. Encore les purs
ont-ils grand'peine à dépasser, du côté de la Made-
leine, la rue Richelieu et la rue Drouot. C'est dans
ce petit espace, qui n'a pas un demi-kilomètre carré,
où le passage Jouffroy fait face au passage des Panoramas, où s'entassent le Théâtre des Variétés,
Brébant, le café Riche, les cafés de Suède et de Madrid, que la patrie tient pour eux tout entière. L'Europe est bornée par Bignon, le café Anglais et le
Grand-Hôtel; le monde, par les Champs-Elysées et
le bois de Boulogne.

Le boulevard est la propriété du *boulevardier*;

c'est son salon ; il en chasserait volontiers ceux qui
ne sont pas de son monde. Cependant, soyons juste :
le boulevardier voyage quelquefois, mais en troupe,
comme les grues, — ce qui prouve que les extrêmes se touchent, — à des époques fixes et pour des
endroits déterminés. Il va à Bade, à Monte-Carlo,
à Ems, parfois à Vichy, à Luchon, à Biarritz. Mais
ce qu'il cherche, c'est encore le boulevard. Il faut
qu'on lui en rende au moins l'image. Il emporte sa
patrie à la semelle de ses bottines. Quand ils sont
réunis une douzaine au moins, ils mettent leurs
provisions en commun et parviennent à refaire entre
eux un petit bout de trottoir du boulevard Mont-
martre, grand comme les deux mains. Si seulement madame Théo, ou Dupuis, ou même Brasseur,
est en représentations au théâtre de l'endroit, les
voilà les plus heureux des hommes, et ils sont capables de rester quinze jours sans éprouver la nostalgie de Péters !

Au fond, cet être brillant et papillonnant pour
lequel il a bien fallu créer le mot de boulevardier
est, sous des apparences très-émancipées, le plus
routinier et le plus esclave des hommes. Pour rien
au monde, il ne faillirait à faire acte de présence
deux fois par jour au moins dans son domaine : la
première, de quatre à six heures, avant le dîner ; la

seconde, de dix heures à minuit, ou à une heure
du matin, après le spectacle. Il ne lui est pas permis de manquer une première des Variétés, du
Gymnase ou du Vaudeville. Il est condamné à aller
applaudir tous les soirs Jeanne Granier ou Judic,
comme jadis mademoiselle Schneider ; à suivre les
mardis de la Comédie-Française et les samedis du
Cirque. Il serait déshonoré si on ne l'avait pas vu
aux courses, surtout au grand prix de la ville de
Paris, et, eût-il une gastrite, il faut absolument qu'il
soupe à des heures impossibles dans les cabarets à
la mode.

Les boulevardiers n'appartiennent pas tous,
d'ailleurs, à la même catégorie. Des nuances très-
sensibles les séparent. Entre les boulevardiers de
Tortoni, de la Maison-Dorée, voire même du café
Riche, et le boulevardier du café de Madrid, la distance peut être grande, bien que tous se touchent
par des affinités communes. Ne confondons pas
non plus le *gandin*, — si l'on me passe une expression vieille, qui s'applique très-bien aux habitués
du vieux boulevard de *Gand*, pour lesquels ce centre de l'esprit parisien n'est rien de plus qu'un
rendez-vous à la mode, l'endroit où l'on dîne le
mieux, où il passe le plus de monde et le monde
qu'il faut voir, où l'on a le plus de chances enfin

d'être rencontré par *tout Paris* dans la tenue irréprochable d'un d'Orsay en sous-ordre, strictement
ganté, chaussé, peigné, teint, pommadé, un gardé-
nia à la boutonnière et un *puro* à la lèvre, — ne le
confondons pas avec le boulevardier aiguisé et af-
fûté qui vient là pour humer les idées nouvelles,
déguster le scandale du jour, éreinter d'avance la
pièce qu'on va jouer ce soir, faire des mots, dauber
sur l'auteur en vogue, déclarer que le dernier roman de Dentu est idiot, que Sardou est vidé, dis-
cuter l'étoile qui se lève à l'horizon de papier peint
des Folies-Dramatiques et savoir à fond dès la veille
ce qui n'arrivera que le lendemain.

Il faut au boulevardier l'anxiété fiévreuse, mobile, fugitive, cueillie dans son germe avant d'avoir
eu le temps d'éclore. Du moment que *c'est arrivé*,
il la laisse aux badauds. Ce qu'il saisit au vol, c'est
l'insaisissable. Comme les gnomes de Titania, il se
délecte à tuer les vers microscopiques cachés dans
les boutons de rose, à arracher les ailes des papil-
lons et à peser les réputations dans des balances de
toiles d'araignée. Il mêle les coulisses à la politique,
l'art à la Bourse, et parle des femmes comme on
parle ailleurs des chevaux. Les débuts de Casca-
dette dans le rôle du Hanneton enrhumé, le dernier
four du Gymnase et la nouvelle intonation trouvée

par Gil-Pérès sont pour lui des événements plus
graves que le passage des Balkans. Il envisage la
guerre d'Orient au point de vue des pastilles du sé-
rail, et assure que M. Halanzier est en marché avec
le harem pour l'enrégimenter dans le corps de ballet. Le boulevardier est un être blasé, bronzé, pa-
radoxal à froid, regardant la naïveté comme le plus
humiliant de tous les vices, faisant profession d'un
scepticisme absolu, posant pour l'indifférence rail-
leuse et glacée, enterrant un poète sous un sobri-
quet grotesque et un homme d'Etat sous un calem-
bour par à peu près, ayant tout vu, tout retenu, ne
voulant savoir des choses que ce qu'on en cache,
retournant les médailles pour en regarder le re-
vers et les habits pour en connaître la doublure,
dédaignant la scène pour les coulisses et crevant
toutes les poupées afin de voir ce qu'elles ont dans
le ventre. En ont-ils entendu les pauvres arbres du
boulevard, de ces conversations fiévreuses, entre-
coupées, électriques, où tous les drames que char-
rie dans son cours bruyant la vie parisienne s'ex-
priment dans l'argot bizarre du vaudeville et de
l'opérette, et qui rendraient fou un habitant de la
rue Cassette ! Aussi ils en maigrissent et en deviennent chauves.

La vie ne commence pas au boulevard avant

midi ; elle n'y cesse guère avant deux heures du matin. Dans l'intervalle, c'est un quartier comme un autre, peut-être plus qu'un autre. Rien n'est lugubre comme le boulevard la nuit, lorsque tous les théâtres, cafés et restaurants ont dégorgé leur clientèle, ou à l'aube, sous le pâle et froid rayon du soleil levant. Il offre alors l'aspect flétri et fatigué d'une soupeuse malade qui vient de quitter son costume de bal masqué, et qui a laissé tomber ses fausses nattes et ses fausses dents dans le verre où elle buvait en chantant tout à l'heure. Le matin, le boulevard s'éveille tard. Il a ses heures et ses aspects divers, que les habitués connaissent bien : l'heure de l'absinthe et l'heure du café, l'heure de la promenade et l'heure du souper. Il a ses jours aussi : le dimanche, il appartient à la foule banale, aux petits bourgeois, aux commis en rupture de magasins, comme le bois, et le boulevard s'efface avec humeur devant cette invasion.

Jadis, le boulevard c'était la place Royale, le Cours-la-Reine, le Cours Saint-Antoine, le Palais-Royal. Peut-être la frivolité parisienne opérera-t-elle un nouveau déplacement. Sans être encore à l'heure de sa décadence, le boulevard, s'il faut en croire les anciens, n'est déjà plus dans la phase de sa haute splendeur. Il s'est démocratisé ; le chapeau mou se

montre aux tables en plein air de ses cafés ; l'état-
major de la Commune s'était formé dans quelques-
uns de ses estaminets. Je ne pense pas qu'au beau
temps du comte d'Orsay, de Loève-Veimars, de
Lautour-Mézeray et de la Loge infernale on y bût
tant de bière ou d'absinthe, et l'on y culottât tant de
pipes.

Ce n'est pas seulement le sans-façon démocrati-
que et républicain qui coudoie l'élégance du boulevardier et vise à l'évincer ; le boulevard a perdu
plusieurs de ses attraits caractéristiques : il a vu
tomber successivement Frascati et ses jardins, les
Panoramas, les Bains chinois, le Jardin turc, le
Café de Paris, que sais-je encore ? On lui a coupé
cette queue frétillante de théâtres populaires qui, le
soir, avec leurs longs cordons de gaz, leurs immenses affiches, leurs transparents lumineux, leurs
marchandes d'oranges, de limonades et de glaces à
deux liards le verre, avec leur cohue bariolée, les
cris des aboyeurs et des vendeurs de contre-mar-
ques, les sonnettes des marchands de coco, était
l'un des spectacles les plus vivants et les plus ré-
jouissants qui se pussent voir.

Tout se transforme, les villes comme les hommes.
Les capitales surtout sont sujettes à des déplace-
ments qui font, par exemple, du Marais, à la mode

sous Louis XIII, et recherché par les grands seigneurs et les belles dames du siècle de Louis XIV,
le quartier le plus triste, le plus provincial et le
plus endormi de Paris au dix-neuvième siècle. Le
jour où le boulevard touchera à son déclin, il aura
un héritier tout trouvé dans la nouvelle avenue de
l'Opéra.

Victor FOURNEL.

DEUX CHAPITRES

DE

MADEMOISELLE QUINAULT (¹)

I

Dans le moment où Louis XIV venait de rendre l'âme, il y eut une grande agitation à la ville et à la cour. Les carrosses brûlaient le pavé, et les alentours du Palais-Royal ne suffisaient plus à contenir la foule des curieux.

Tout auprès de l'endroit où se faisait le vacarme, dans la rue des Deux-Ecus, demeurait une pauvre famille qui ne s'occupait guère de la politique du jour, car il n'y avait ni mort de souverain, ni chan-

(¹) Le premier volume des *Petits Chefs-d'œuvre des Ecrivains du jour* était déjà imprimé, et le second sous-presse, lorsque cessa de vivre M. Paul de Musset. Cette perte, quelque importante qu'elle fût pour la littérature contemporaine, ne pouvait et ne devait rien changer aux dispositions prises par M. Rousseau, organisateur du présent recueil, avec l'assentiment de ceux des auteurs de son choix qui lui avaient fait l'honneur de répondre à son appel. *Mlle Quinault* fait partie de l'ouvrage intitulé *Femmes de la Régence*, par Paul de Musset.

gement dans l'Etat qui pût influer en bien ou en
mal sur sa chétive existence. Elle habitait le cinquième étage, et n'avait que trois petites chambres
au fond d'un corridor sombre pour le ménage de
quatre personnes. Dans l'une de ces chambres était
M. Quinault, le chef de la famille, avec l'un de ses fils
âgé de vingt ans ; la seconde appartenait aux deux
filles, dont l'une touchait à ses dix-huit ans et l'autre à ses quinze ans ; la troisième pièce, qui était la
plus grande, servait à la fois de salon, de salle à
manger et de cuisine. Pour unique objet de luxe, on
voyait à la muraille un portrait du comédien Baron.
Une vaste marmite, mère-nourrice de tous les Quinault, occupait paisiblement le foyer en attendant
l'heure du dîner. Sur une planche étaient une di-
zaine de livres poudreux avec un fragment d'habit
de théâtre. Quelques paires de bas encore humides
se balançaient à cheval sur une ficelle tendue dans
les hauteurs du plafond. Cela sentait si fort la misère que le spectacle vous en eût donné le frisson,
à moins que vous n'eussiez porté toute votre attention sur les visages des habitants, qui paraissaient
d'assez bonne humeur et florissants d'embonpoint.
Le père Quinault, assis gravement sur un escabeau,
lisait une pièce de Molière. On entendait Quinault le
fils, à travers une mince cloison, répéter à grands

éclats de voix le rôle du Cid. Les deux jeunes filles
chuchotaient tout bas, et riaient ensemble auprès du
feu en ép'uchant un oignon avec de vieux gants à
leurs mains, de peur de se salir les doigts.

M. Quinault le père était un respectable vétéran
des planches de la Comédie-Française. Il n'avait
jamais été bon acteur ; mais, depuis qu'il avait pris
les rôles à manteau, le public s'était habitué à sa
figure, tellement que l'ancien répertoire ne pouvait
aller sans lui. Il professait bien, connaissait à fond
toutes les traditions, n'était jaloux de personne, et
n'avait jamais besoin du souffleur. C'était un vieux
routier qui savait prendre son parterre aux premières représentations, et enlever un succès. On l'eût
aimé davantage s'il ne lui eût manqué trois dents
sur le devant, ce qui gênait sa parole. Il jouait assez
bien l'Orgon du *Tartuffe*, et recevait admirablement
les coups de bâton dans les *Fourberies de Scapin*.
On l'applaudissait peu, mais jamais on ne l'avait
sifflé. C'était un homme de métier, et, de plus, un
bon père, élevant avec de bien maigres appointements une famille nombreuse, à laquelle il ensei-
gnait l'art dramatique, mais fort peu de morale. Il
trouvait encore le moyen de payer une pension
pour son fils aîné qui apprenait le contre-point chez
le compositeur Mouret, et qui voulait être à la fois

acteur et musicien. Lorsque le bonhomme Quinault
disait, en se frottant les mains dans le foyer du
spectacle, que son nom ferait bientôt honneur à la
Comédie-Française, par les talents, la galanterie,
l'esprit et la beauté, on ne doutait pas que ce ne
fût vrai.

En effet, dans l'espace de trois années, la famille
entière parut avec succès au même théâtre, et s'empara de tous les rôles. Le fils aîné débuta dans *Ba-
jazet*, et fut engagé pour les amoureux. Le second,
qui prit le nom de Quinault-Dufrêne, joua les grands
tragiques, et fut reconnu sur-le-champ pour un acteur de génie. La fille aînée plut par sa figure, qui
était charmante, plutôt que par son talent. La cadette parut enfin la dernière dans le rôle de Phèdre,
où elle fut fort applaudie ; mais elle avait la taille
petite, l'œil lutin, le nez en l'air, et la bouche faite
pour le rire ; elle sentait d'elle-même que la comédie la réclamait, et lorsqu'elle passa aux soubrettes,
elle y déploya une verve et une gaieté pleine de malice qui la posèrent aussitôt au premier rang dans
cet emploi. Tous ces débuts étaient terminés heureusement et les engagements signés avant la fin de
l'année 1718. Le père Quinault, ayant ainsi pourvu
à l'existence de ses quatre enfants, et leur voyant
un avenir assuré, ne tarda pas à abdiquer, et se re-

tira en province avec la pension de deux mille livres, dont le théâtre et la cassette du roi payaient
chacun la moitié.

— Mes enfants, dit-il en partant, vous voilà en passe
d'être tous plus riches et plus heureux que je ne le
fus jamais. Vous n'avez plus besoin de moi ; je suis
vieux, je désire me reposer, et je vous abandonne
à vos propres forces. Toi, Quinault l'aîné, tu es un
garçon sage et prudent, tu veilleras sur tes sœurs.
Toi, Dufrêne, tu seras riche, mais tu es orgueilleux
et dépensier ; tu es beau comme le jour, les dames
vont te poursuivre. Ne te laisse pas étourdir par le
succès. Quant à vous, mes filles, vous avez de la
tête, je ne vous commande pas d'être des dragons de
vertu, parce que vous n'en feriez rien d'abord, et
ensuite parce que ce n'est pas nécessaire dans votre
état. Ce que je dis à Dufrêne ne s'applique pas à
vous. Je redoute pour lui les grandes dames, tandis
que pour vous je ne crains pas les grands seigneurs.
Faites comme il vous plaira, pourvu que vous ne
preniez jamais un amant dans les coulisses ni parmi
les blancs-becs du parterre. Visez aux loges, mor-
bleu ! et aux premières, entendez-vous ? Toi, ma
fille Françoise, tu as de l'esprit, ne laisse pas ta
sœur s'abîmer dans les trappes du sentiment. Esti-
mez-vous toutes deux ce que vous valez. L'une est

le plus beau brin de femme qui ait jamais tourné ses
yeux en amande vers un public ; l'autre a le minois
le plus piquant et le pied le plus mignon qui ait
jamais effleuré les planches. Si avec de tels avantages vous ne roulez pas sur l'or, ma foi, je m'en
laverai les mains. Là-dessus, je jette la perruque
aux orties, et vous donne ma bénédiction.

Après cette allocution homérique, M. Quinault
embrassa ses enfants et monta dans le coche de la
Bourgogne. Il avait choisi cette province pour s'y
retirer à cause de ses vins estimés. Aussitôt après
le départ du vénérable père, on quitta le taudis de la
rue des Deux-Ecus, pour se loger plus au large,
dans la rue Sainte-Anne, mais on n'y demeura pas
longtemps ensemble. Dufrêne eut tant de bonnes
fortunes qu'il'lui fallut un logis splendide avec des
boudoirs et des escaliers dérobés ; il s'en alla dans
la rue de Richelieu. On a prétendu que la duchesse
de Berri n'avait pu le voir sans en être éblouie, et
que le cœur de cette grande princesse avait été de
ceux que le fils de Thésée *traînait après soi*. Quoi
qu'il en fût, la vanité de Dufrêne s'enfla au point
qu'il manqua de respect plusieurs fois au parterre,
qu'il prit des airs de monarque, et ne vit sa famille
qu'à de rares intervalles, et par audiences. Il obligea
Destouches à changer le dénouement du *Glorieux*,

en disant qu'un homme comme lui ne pouvait pas
jouer le rôle d'un amant méprisé. Destouches s'hu-
milia devant le modèle de sa comédie. Heureusement
Dufréne avait un génie qui lui fit tout pardonner.

La sœur aînée, qui était une Vénus pour la
beauté, eut après elle un essaim considérable où
figuraient les plus riches, les plus généreux et les
plus séduisants des hommes à la mode. Elle les laissa
enrager pendant un an, puis elle s'humanisa en
faveur d'un officier des Mousquetaires, après lequel
un grand seigneur vint à bout de l'apprivoiser encore ; un troisième la rendit tout à fait aimable, et
l'on a dit que le Régent lui-même lui avait donné
quelques conseils. A mesure que son caractère
s'adoucissait, le luxe et l'argent lui venaient en
aide ; elle prit un carrosse et des laquais, et monta
sa maison dans un goût à effacer une duchesse.
Il ne resta donc plus dans le modeste logis de la
rue Sainte-Anne que Quinault l'aîné avec sa plus
jeune sœur. Ce garçon, qui était fou de musique,
demeurait souvent dix heures à son clavecin sans
boire ni manger, et ne faisait que composer des
airs de ballet. Pendant cela, mademoiselle Quinault
cadette s'était choisie une petite compagnie de poètes
et d'écrivains, qui ne lui laissaient pas le temps de
s'ennuyer. Son cœur ne lui disait rien encore. Elle

restait sage, plutôt par nature que par respect pour
les préceptes paternels, car les mœurs étaient alors
fort relâchées. Elle étudia beaucoup, fit des progrès
considérables, et devint l'enfant gâté du public.

Mademoiselle Quinault était vive et alerte ; le ciel
l'avait bien mise à sa place en la jetant au milieu
des coulisses, et dans un siècle d'inconstance et
d'impiété ! Elle aimait la satire, mais elle était
bonne, et avait autant de douceur dans le cœur que
de malice dans l'esprit. Elle avait du jugement, un
coup d'œil sûr et prompt à décider quand une pièce
était destinée à plaire ; elle en découvrait le fort et
le faible, par instinct, sans avoir connaissance des
règles de l'art. Beaucoup d'auteurs lui communi-
quaient leurs ouvrages avant de les proposer aux
comédiens. Voltaire venait de se placer en tête des
écrivains dramatiques par son *Œdipe*, où Dufrêne
avait été sublime ; il fréquentait chez mademoiselle
Quinault, lui lisait ses pièces, et faisait un grand
cas de ses avis (¹). Deschamps, Lagrange-Chancel
et le chevalier Destouches y venaient aussi très-

(1) Il existe une trentaine de lettres de Voltaire à Mlle
Quinault, où l'on voit qu'elle lui avait donné le sujet de
l'*Enfant prodigue*, qu'elle lui fit changer plusieurs scènes
dans ses tragédies, et qu'elle lui conseilla hardiment d'en
jeter une au feu, ce qu'il exécuta.

assidûment. Quelques gens de cour, amis des arts, étaient habitués de la maison, tous un peu amoureux de la reine des soubrettes, mais prenant tous patience et se consolant de n'arriver à rien par l'agrément qu'ils trouvaient dans la conversation de leur inhumaine. Cependant, parmi les intimes, il y avait un garçon de trente ans, nommé de Jolly, qui venait depuis longtemps sans avoir encore fait sa déclaration, et mademoiselle Quinault s'en étonnait quelquefois lorsqu'elle y songeait. Un soir qu'ils étaient ensemble au coin du feu, elle lui demanda en badinant pourquoi il était le seul qui ne lui eût jamais dit un mot d'amour.

— C'est, répondit monsieur Jolly, parce que je suis certain que je perdrais mes peines, et que vous n'êtes disposée à écouter favorablement personne.

— Qu'en savez-vous, et à quoi voyez-vous cela? dit la soubrette.

— A mille petits indices qui ne me trompent pas. Votre cœur n'est point encore développé; il faut lui donner le temps de mûrir.

— Je croirais plutôt que les guêpes ont mangé le fruit avant sa maturité.

— Oh! que non, répondit monsieur de Jolly ; vous n'êtes qu'au mois de mai de la vie. Laissez venir les grandes chaleurs, et la pêche sera bonne à cueillir.

Lorsqu'on eut assez poursuivi la métaphore et plaisanté selon le goût du temps, mademoiselle Quinault demanda sérieusement à monsieur de Jolly de lui dire ce qu'il pensait d'elle.

— Volontiers, reprit-il ; je vais le faire avec toute la franchise que vous pouvez souhaiter. Sachez donc qu'il n'est pas très-difficile de plaire aux femmes de quinze ans ou de vingt-cinq ; mais, entre ces deux âges, il y a une époque où elles sont insupportables ; elles connaissent assez le monde pour ne point se soucier de l'expérience ; elles sont encore trop jeunes pour avoir peur du temps, et le perdent sans regret à des bagatelles. Leur beauté, qui est dans son éclat, suffit à les contenter ; elles ne sont amoureuses que d'elles-mêmes, se regardent complaisamment dans le miroir, s'amusent du pouvoir de leurs charmes, et verraient sans s'émouvoir le pauvre fou qui se prendrait dans leurs filets bouleverser l'univers pour leur être agréable. Cela dure jusqu'au moment où l'idée leur vient que la jeunesse n'est pas éternelle ; alors, il leur faut vite un mari, vite un amoureux, si le mari ne se présente pas. Elles font un méchant mariage ou se lient sans choix ou sans réflexion ; plus tard, elles reconnaissent leur erreur et aiment enfin avec discernement.

— Fort bien, répondit mademoiselle Quinault, et

comme à vingt-cinq ans je suis destinée, selon vous, à faire une sottise, il s'ensuit que je n'aurai pas le sens commun avant trente ans ?

— Cela se pourrait.

L'opinion de monsieur de Jolly était de quelque poids ; il avait eu récemment une pièce en vers représentée au Théâtre-Français, qui s'appelait l'*Ecole des Amants ;* on y trouvait de la grâce, une connaissance remarquable du cœur féminin et beaucoup de naturel. Le public avait fait à ce petit ouvrage un succès de durée ; le *Mercure* l'avait traité avec distinction ; Quinault l'aîné y jouait l'amoureux. De Jolly s'en tenait à ce léger bagage littéraire, et ne voulait plus travailler, quoiqu'on l'y encourageât beaucoup ; il avait tout juste de quoi vivre, ne songeait pas à entrer à l'Académie, et se contentait de passer pour un homme d'esprit ; mais il ne s'apercevait pas qu'en usant trop de sa raison, en calculant trop le pour et le contre de chaque chose, il ne vivait qu'en spéculation , et ne donnait guère plus à ses passions que mademoiselle Quinault elle-même. Soit à cause de la ressemblance qui existait entre eux, soit que la jeune actrice se piquât au jeu en voyant ce garçon demeurer maître de lui, elle conçut plus d'estime pour de Jolly que pour les autres, lui parla plus ouvertement, et l'eût sans doute pris pour ami et pour confident, s'il n'eût jugé à propos de se tenir sur la réserve avec elle par un raisonnement de prévoyance qui signifiait ceci : ou je serai ton amant quelque jour, ou nous ne serons jamais rien l'un à l'autre.

La coterie de mademoiselle Quinault s'aperçut qu'elle montrait de la préférence pour de Jolly. Monsieur de Voltaire, qui n'était pas jaloux, le trouva bon et lui conseilla de jouer au vrai avec l'auteur de l'*Ecole des Amants ;* mais le reste de la société en parut fâché. On en fit des épigrammes, et, comme les femmes n'aiment point la critique, c'était le moyen de hâter la conclusion. Déjà on la croyait consommée, lorsqu'on vit avec surprise monsieur de Jolly partir pour la campagne. Le monde, qui juge tout sur les apparences, prit cela pour une rupture, sans songer que la poste aux lettres est faite exprès pour les amoureux. Ils s'écrivaient, en effet ; nous ignorons ce qu'ils disaient ; mais lorsqu'une correspondance galante s'engage ainsi entre une actrice de vingt ans et un garçon d'esprit, s'aimant plus qu'à moitié, il n'est pas besoin de rompre les cachets pour deviner de quoi ils s'entretiennent. Jolly jurait ses grands dieux qu'il craignait de se brûler à la lumière, et de perdre son repos ; il ne voulait pas revenir à moins qu'on ne le rappelât par

de douces promesses. Mademoiselle Quinault se
mourait d'envie de le rappeler, et n'osait le faire.
Au bout d'un mois l'ennui la pourchassait ; de Jolly
était dévoré d'impatience, et cependant il tenait
ferme dans ses résolutions. Cela aurait pu durer
longtemps, sans un petit événement que le hasard
fit naître, et qui tourna les choses au profit de l'a-
mour, parce qu'il était bien décidé que rien n'aurait
pu les faire tourner à son détriment.

. . . .

VI

Une coterie formidable venait de s'établir, sur
laquelle le gouvernement commençait à tourner ses
regards avec inquiétude, celle des philosophes.
Diderot, Rousseau, d'Alembert étaient amis alors,
et leur réputation croissait de jour en jour. Ils se
voyaient tantôt les uns chez les autres, tantôt chez
un traiteur de la rue Fromenteau. Mademoiselle Quinault désira les connaître aussitôt qu'on parla
d'eux. Duclos lui amena Rousseau ; celui-ci eut
plus de peine à entraîner Diderot, à cause de son
humeur sauvage ; cependant, on le voyait quelque-

fois de loin en loin, et lorsqu'il n'y avait que ses
amis. Comme la curiosité était fort excitée par la
nouvelle impulsion que ces personnages donnaient
aux lettres, on trouva que la comédienne était bien
favorisée de les avoir chez elle à l'ordinaire, et ses
petits soupers firent beaucoup de bruit. On n'y vit
guère, en gens du monde, que M. de Francueil et
le prince Galitzin; madame d'Epinay y vint deux
fois, mais à l'époque où cette réunion n'était pas
encore bien organisée(¹) . Le marquis de Saint-Lambert y plaisait beaucoup, et veillait à empêcher que
la désunion ne se mît dans la compagnie, où l'orgueil
et les intérêts divers jetaient souvent la discorde.
Duclos déguisait, sous les airs d'une franchise
rude, une jalousie implacable, obsédait mademoiselle
Quinault de son amitié tyrannique, et visait à brouil-
ler les cartes en feignant d'être le conciliateur. La
susceptibilité désespérante de Rousseau donnait
beau jeu aux intrigues, et Diderot prenait les per-
fidies pour argent comptant ; il y eut pourtant assez
d'harmonie dans cette société pendant une année
entière, grâces aux soins et au tact exquis de l'hô-

(¹) On peut voir dans les *Mémoires de Mᵐᵉ d'Epinay* les
détails d'un souper chez Mlle Quinault, qui donnent une idée
parfaite des conversations et du ton de cette coterie.

tesse, qui savait contenter et amuser chacun sans
que ce fût au détriment de personne.

Duclos, sous le prétexte de fronder la corruption
du siècle, avait le monopole des anecdotes scanda-
leuses ; Saint-Lambert prêchait l'athéisme avec un
feu et une éloquence rares ; Rousseau, qui avait la
parole difficile et point d'impromptu, évitait les dis-
cussions et plaçait quelques sentences; Diderot donnait carrière à sa verve paradoxale, et entraînait
comme un torrent tout ce qui lui résistait ; mais on
ne le voyait pas souvent, et c'étaient des jours de
fête que ceux où il paraissait. Mademoiselle Quinault surveillait les combats d'esprit, arrêtait subti-
lement le vainqueur, encourageait le vaincu, tour-
nait les querelles en badinage, se jouait des difficultés avec une grâce et une habileté infinies, que
personne ne soupçonnait, et animait la gaieté générale par des folies et beaucoup de vin de Champagne.

Avant de passer outre, nous devons rapporter ici
une particularité qui fait honneur au caractère de
mademoiselle Quinault. Elle avait en province un
cousin germain qui vint à mourir, et qui laissait
une fille de seize ans. Le dernier meuble et les hardes du défunt vendus, les frais de justice et d'inven-
taire payés, il resta en tout à l'orpheline cinquante

écus. Cette jeune fille écrivit à sa cousine pour lui demander à être placée dans quelque couvent ; mademoiselle Quinault n'était pas pour les cloîtres, et cela se conçoit aisément ; la vie de comédienne n'y porte guère, et d'ailleurs elle était esprit fort. Elle consulta ses amis, qui la détournèrent d'enfermer la petite ; elle se résolut donc à lui donner une chambre et à la prendre chez elle. Hortense Quinault monta dans une diligence, et vint chez sa cousine, qui la trouva jolie, l'aima tout de suite, l'appela sa nièce et lui promit son petit héritage. Les philosophes approuvèrent fort cette conduite, et témoignèrent un vif intérêt à la nièce de leur amie. La jeune personne qui débarquait du midi de la France était toute novice ; son éducation n'avait pas fort occupé son père, qui s'était naturellement inquiété de lui donner le pain quotidien avant la science et l'esprit. On lui remarqua provisoirement de la beauté, des yeux noirs, un air fin et intelligent qui animait sa figure, tandis qu'elle suivait sans rien dire les belles conversations où elle assistait ; et, plus tard, on reconnut qu'elle avait bonne mémoire pour profiter des leçons.

Ce fut une affaire d'Etat dans la coterie que de décider comment on élèverait cette jeune fille. Rousseau prescrivait une éducation impraticable, que

15

mademoiselle Quinault trouvait beaucoup trop lacé
démonienne. Si on eût écouté Duclos, il en eût fait une
érudite comme madame Dacier. Diderot, au contraire,
ne voulait presque pas de savoir, un peu de musique
seulement, de la danse le moins possible; mais il
exigeait qu'on lui apprît à penser, qu'on la nourrît de
préceptes de morale et qu'on lui enseignât toutes les
vertus, dont il parlait comme s'il se fût agi du grec
ou du latin. Saint-Lambert disait qu'on devait abandonner la petite à la nature seule et aux instincts
qui finissaient toujours par triompher, et qu'il valait
mieux être coquette et passionnée ouvertement et
naïvement que par force ou dissimulation. Mademoiselle Quinault adopta ce dernier plan comme
étant le plus simple et le plus commode. La nièce
n'ayant pas de défauts remarquables, on lui
laissa le caractère qu'elle avait et on ne la tour-
menta en rien. Seulement, comme les causeries des
petits soupers n'allaient pas à des oreilles si jeunes,
Hortense Quinault se retirait dans sa chambre à dix
heures, au moment où la table était servie, ce qui
lui coûtait beaucoup, car elle apprenait toujours le
lendemain que la conversation avait redoublé d'intérêt et de charme après sa retraite.

Hortense entendait pourtant de belles choses
pour en avoir l'esprit plus ouvert que la plupart des

jeunes filles. Vivant dans l'intimité des génies les plus actifs de son temps, elle se passionnait en silence pour les théories qu'ils développaient. N'ayant pas de guide pour la diriger, elle jugeait en femme, c'est-à-dire qu'elle donnait en son particulier la palme à celui qui se montrait le plus éloquent et le plus brillant. Elle se défiait de Duclos ; Jean-Jacques n'était à ses yeux qu'un original; mais Saint-Lambert, qui avait le don de l'improvisation, lui semblait plus profond et plus raisonnable que les autres. Elle prenait au sérieux ses paradoxes. Il n'y avait point de soir où elle ne se mît au lit l'imagination échauffée, formant le projet d'être une femme supérieure à son sexe et bâtissant dans cette vue un système de conduite souvent fort bizarre. Heureusement, messieurs les philosophes, qui ne songeaient chez leur amie qu'à se distraire et à passer quelques heures, changeaient de thèmes à chaque séance, de sorte qu'entre tant de fluctuations, les idées de la jeune fille ressemblaient à ces vagues sans force qui clapotent à l'entour des navires à l'ancre et se paralysent les unes les autres.

En face de la chambrette où demeurait Hortense, il y avait, de l'autre côté de la rue, un marchand d'étoffes dont le commis regardait souvent par la fenêtre. La rue était étroite, et il y voyait la jeune

fille de très-près. Ce garçon était jeune; il avait les
cheveux fort bouclés et jouait du violon. Il adressait
à sa belle voisine ce qu'il pouvait de plus tendre en
œillades et en airs d'opéra-comique. Hortense peignait quelquefois ses cheveux à la fenêtre par coquetterie; mais elle dédaignait le voisin, jugeant
bien à ses occupations qu'il n'avait ni profondeur
dans les pensées, ni les principes de la vraie philosophie. Le commis poursuivait ses manœuvres sans
se décourager, et nourrissait l'espoir d'amollir à la
longue ce cœur insensible. Le hasard le servit
mieux que sa persévérance et sa musique.

Un soir, Duclos arriva chez mademoiselle Quinault avec un air doctoral et mystérieux qu'il prenait
souvent. Il fit un signe de tête protecteur à la maîtresse du logis, un autre à la petite nièce qui tra-
vaillait à l'aiguille dans un coin, puis il s'enfonça
dans une bergère et posa ses pieds sur les deux
chenets, comme s'il eût été chez lui. Après un moment de silence, il dit négligemment :

— Vous allez avoir Diderot à souper.

— Ah ! répondit mademoiselle Quinault, voici la
première fois que vos grands airs accouchent d'autre chose que d'une souris. La nouvelle me fait plaisir. Il nous faut du vin de Champagne, car M. Diderot est bon convive.

— Sans doute, répondit Duclos, et je lui ai ordonné de boire sec pour s'étourdir.

— Est-ce qu'il a quelque chagrin ?

— Vous ne savez donc pas ce qui lui arrive ? Il était amoureux de la petite Balbuti, la fille du libraire, et elle a épousé Greuze le peintre. J'ai rencontré tout à l'heure Diderot éperdu et en désordre. Il parlait de fuir en Russie ou à la Haye, de se jeter dans la rivière, et, en dernier lieu, de courir à Montmorency confier sa peine à Rousseau ; mais je lui ai ouvert mes deux bras, où il s'est précipité en pleurant, et l'envie de voyager et de mourir lui a passé aussitôt. Je connais l'homme. Il ne lui fallait qu'un moment d'effusion. Je me suis trouvé là fort à propos pour offrir un exutoire à sa sensibilité. Une page dans un de ses contes sur l'inconstance des femmes, une tirade dont vous jouirez, achèveront la purgation, et demain il écrira au voyageur Grimm : Nous avons sablé le Champagne et tu n'y étais pas ! — Mais je lui ai promis que vous n'auriez personne.

— Je n'aurai que vous et lui.

Saint-Lambert était à l'armée dans le moment ; Rousseau ne quittait l'Ermitage que pour voir madame d'Houdetot, de sorte que les soupers étaient négligés ; aussi mademoiselle Quinault était-elle

ravie de la visite de Diderot. La jeune nièce demanda la permission de rester à table et au salon
pour entendre une fois à son aise cet homme si fameux ; sur l'intercession de Duclos, la tante donna
son consentement. Hortense courut veiller aux pré-
paratifs du souper, changea de robe, retoucha sa
coiffure, ajouta au coin de ses lèvres une mouche
qui relevait l'éclat de son teint, et reparut trem-
blante d'émotion à l'idée qu'elle allait voir l'auteur
de l'*Essai sur le Mérite et la Vertu.*

Dix heures venaient de sonner, lorsque Diderot
entra. Il avait sa perruque sur le devant du front,
ses bas de laine noire mal tendus et son jabot chif-
fonné ; mais il s'excusa d'assez bonne grâce sur le
mauvais état de sa toilette. Il pria la compagnie de
ne pas se fâcher s'il était fort maussade, en disant
qu'on ne saurait causer avec sa liberté d'esprit ordinaire quand on est malheureux. Au bout de dix
minutes, on ouvrit les portes de la salle à manger.
Diderot prit le bras de mademoiselle Quinault, Duclos offrit la main à Hortense, et l'on alla souper.
On employa une demi-heure à bien manger et à
conter les nouvelles du jour. Le vin était bon ; les
deux philosophes lui firent honneur. Le dessert
ayant paru, les laquais posèrent les bouteilles sur
une servante et se retirèrent. Selon son habitude,

mademoiselle Quinault mit alors les coudes sur la table pour faire entendre que c'était l'instant du sans-gêne, et la conversation se monta au degré où étaient les cervelles. On causa d'une statue nouvelle, le *Mercure*, de Pigale. Duclos en fit la critique ; il la trouvait trop grêle et trop loin des formes de la beauté antique qui était, selon lui, régulière, arrêtée symétriquement sans qu'il fût possible au statuaire de s'en écarter, sous peine d'abandonner le beau pour chercher l'étrange. Diderot défendit le *Mercure* ; il soutint qu'on trouvait des variétés infinies dans la beauté et qu'on pouvait faire des statues également belles de l'homme et de la femme dans toutes les conditions possibles.

— Prenez, disait-il, l'*Hercule Farnèse*, qui est un des plus beaux modèles d'homme. Pourquoi est-il beau ? parce qu'il représente bien le demi-dieu de la fable ; parce qu'en voyant ses larges épaules, ses bras musculeux, ses cuisses athlétiques, vous vous écriez : Voilà bien les épaules qui ont supporté le globe terrestre, voilà bien les bras qui ont étouffé les serpents, voilà bien les cuisses qui ont marché d'un bout du monde à l'autre ! C'est le type parfait de l'homme fort et actif. Mais diminuez un peu ces épaules si larges, amincissez ces reins, allongez ce

cou et ces jambes, vous aurez un homme véloce et
robuste à la fois ; vous aurez le *Gladiateur*, d'Aga-
sias, et vous direz aussi : Voilà bien les bras qu'il
faut pour parer le coup et pour le rendre avec agilité; voilà bien les jambes qu'il faut pour reculer à
propos et sauter à propos en avant ; voilà les reins
qu'il faut avoir pour se tourner le corps en mille
sens ! Le *Gladiateur* est-il moins beau que l'*Hercule*? Non, parce qu'il est le modèle parfait du gladiateur. Maintenant, arrondissez encore ces formes
trop accusées, rentrez ces muscles trop rudes, vous
arriverez à l'homme oisif, à l'*Antinoüs*, et il sera
beau comme l'*Hercule* et le *Gladiateur*, parce qu'il
aura les conditions de l'homme oisif. Il en est de
même des modèles des femmes. La *Vénus* a la beauté
d'une femme sensuelle ; la *Diane* a la beauté d'une
divinité chasseresse; faites une vierge, elle sera
belle, si elle a tous les signes de la virginité; faites
une image de la charité, elle sera belle, si elle a de
beaux seins que l'on devinera remplis de lait, si elle
a bien les caractères de la pitié, de la tendresse maternelle. Autant de conditions diverses, autant de
beautés. Vous pouvez faire une belle figure de portefaix, de soldat, de sauvage de l'Amérique, de fai-
néant, de sybarite, pourvu que vous donniez bien à
votre création tous les caractères qu'elle doit avoir.

Voilà pourquoi le *Mercure*, de Pigale, qui est grêle, léger, véloce, comme doit l'être le messager des dieux, est un beau Mercure.

— Vous avez raison, dit Duclos ; cependant il existe, ce me semble, une beauté par-dessus toutes celles que vous citez, une beauté générale ; si vous prenez à l'*Hercule* un peu de sa force, au *Gladiateur* un peu de son agilité, à l'*Antinoüs* un peu de sa grâce, vous en ferez un homme propre à tout, vous aurez l'homme enfin ; l'*Apollon du Belvédère* est le type de la beauté masculine. Il peut devenir un portefaix, un gladiateur, un voluptueux, mais il est avant cela un homme beau et rien autre chose. C'est pourquoi Messaline s'est trompée en ayant recours...

— Messieurs, buvons à la beauté ! interrompit la maîtresse du logis.

— Buvons, reprit Duclos : les formes, voilà où est la beauté !

— Oui, sur le marbre, répondit mademoiselle Quinault ; mais, dans la nature, parlez-moi plutôt de la beauté moderne, de celle qui vient de l'expression, de l'âme, de la vie.

— Corruption du goût que cela.

— Quoi ! vous comptez pour rien ce qui est dans les yeux, dans les jeux du visage, dans la phy-

sionomie! Moi je le mets au-dessus du reste, et
je prétends que, si la beauté antique fait naître
l'admiration, l'autre provoque la sympathie, et
ce n'est pas une chimère, n'est-ce pas, monsieur
Diderot?

— Non, certes, ce n'est pas une chimère que cet
entraînement qui rapproche deux êtres l'un de
l'autre à la première vue ; mais toutes les beautés
peuvent le faire naître, celle de l'âme aussi bien
que celle du corps. La sympathie peut sortir de la
vertu, du courage, de l'héroïsme. O mes amis, c'est
elle qu'il faut provoquer bien plutôt que l'admiration stérile ; une larme ou un baiser valent mieux
que les applaudissements d'un monde entier. Versez, versez dans mon verre ; c'est à la sympathie
que je veux boire.

— La sympathie, reprit Diderot après avoir bu,
c'est la souveraine du monde ; il n'est point d'armée, ni d'or, ni de force, qui puissent assurer à un
tyran la sympathie de ses sujets ; il n'est point de
lois, point de sacrements qui la puissent empêcher
de pénétrer dans une âme où elle veut s'introduire. Soyez infidèle, inconstant, parjure : si c'est
la sympathie qui l'ordonne, on doit vous excuser,
car elle est inévitable comme la fatalité. Si les
amants les plus passionnés tremblent chaque jour,

en courant l'un vers l'autre, de ne plus retrouver
l'amour de la veille, n'est-ce pas parce qu'ils savent
qu'on ne commande pas à la sympathie, qu'elle
fuit, renaît, se détourne pour jamais sans qu'on
puisse la retenir, la repousser, la rappeler ? O mes
amis ! craignez le mariage, car vous rencontrerez
quelque jour un être vers lequel un élan sympathi-
que vous entraînera. Vous serez infidèle, ou vous
fuirez le logis conjugal, ou la discorde y régnera,
et tandis que votre sympathie courra le monde,
l'antipathie acariâtre, assise à table, en face de
vous, empoisonnera votre vie entière.

— Voilà qui est parler en homme bien marié, dit
Duclos.

— Je ne suis pas pour le mariage, dit mademoiselle Quinault, puisque je suis vieille fille ; mais
que deviendraient les enfants au milieu des diverses sympathies qui se partageraient l'existence des
parents ?

— Eh ! s'écria Diderot, j'ai une fille que j'adore et
qui est bien mon sang ; je ne l'élèverais pas avec
moins de soins et de tendresse si c'était le don d'une
maîtresse que celui d'une épouse. Le sentiment pa-
ternel est impérissable, tandis que l'amour est fra-
gile comme le verre. Malheur à celui qui abandonne ses enfants ! Mais lorsqu'il n'y a plus que de

l'aigreur entre un mari et une femme, ne vaudrait-
il pas mieux être autorisé à chercher fortune chacun de son côté que de traîner après soi une chaine
insupportable? (¹)

Paul de Musset.

(¹) Diderot, étant marié, a vécu dix ans publiquement
avec Mme de Puisieux, et vingt ans avec Mlle Voland, ce
qui fait une assez grosse portion de sa vie. Mme Diderot ne
s'en est jamais consolée, et le chagrin la rendait querel-
leuse.

UN CHAPITRE

DE LA FEMME DU BARON WORMS [1]

Le mot *type* est assurément l'un de ceux dont on a fait le plus étrange abus depuis quelques années.

Il nous souvient d'un temps — qui n'est pas loin de nous — où romanciers, vaudevillistes et chroniqueurs, l'appliquaient à tout propos et hors de tout propos.

L'étudiant, — la grisette, — la cocotte, — le cocodès, — la grande dame, — le pâle voyou, — l'usurier, — le clerc d'huissier, — le professeur de solfége, — et jusqu'au marchand de vins du coin, fidèle abonné du *Siècle*,   étaient autant de types..

J'en passe et des meilleurs !...

Si démodée, si ridicule même que soit devenue l expression, nous sommes bien forcé, cependant, de nous en servir aujourd'hui.

Jobin, lui, était bien véritablement un type, — un type essentiellement moderne et parisien, —

[1] Deuxième partie des *Tragédies de Paris*.

impossible à une autre époque que la nôtre, —
impossible dans un autre milieu que celui de la
grande ville.

Ce personnage doit jouer un rôle important dans
cet épisode de notre récit. — Nous allons donc
tracer un croquis rapide de son passé, jusqu'au
moment où nous venons de faire connaissance avec
lui.

Nous croyons d'ailleurs que cette courte et indis-
pensable notice biographique ne sera point dépour-
vue d'intérêt.

Pamphile-Timothée Jobin, âgé de vingt-sept ans
et demi au mois d'avril 1865, — et dont nous avons
tracé le portrait dans un précédent chapitre, —
était fils unique d'un père qui possédait, rue des
Deux-Portes-Saint-Sauveur , un fonds d'épicerie
d'un assez joli produit.

Ce brave homme, veuf de bonne heure et vivant
dans une aisance relative, nourrissait la singulière
ambition de faire de son fils un avocat.

En conséquence, le jeune Jobin suivait comme
externe les cours d'un collége, mais, paresseux
avec délices, il méprisait profondément les thèmes
grecs et les vers latins, et passait la meilleure
partie de son temps à dévorer tous les romans,
bons, médiocres et mauvais, fournis à son insatia-

ble appétit par un cabinet de lecture auquel il s'était abonné avec l'argent de ses semaines.

Il grandissait ainsi, — dans une ignorance à peu près complète, — mais l'imagination étonnamment farcie de tous les incidents romanesques, ingénieux ou absurdes, inventés par les plus charmants et par les plus exécrables conteurs.

Parmi ces volumes innombrables à couvertures jaunes encrassées, Pamphile Jobin honorait d'une préférence toute spéciale ceux qui, par des peintures et des études réalistes ou fantaisistes, l'initiaient aux mystères des différents mondes parisiens, — le grand monde, — le demi-monde, — et surtout le monde bizarre et ténébreux qui grouille dans les pittoresques *dessous* de la cité-reine.

Il ne se lassait pas de lire et de relire les *Mystères de Paris,* — les *Vrais mystères de Paris* (cette rapsodie signée Vidocq), — *Les drames de Paris,* — *Les viveurs de Paris,* — *Les enfants de Paris,* — *Le grand homme de province à Paris.* Il aurait dévoré les *Tragédies de Paris,* mais elles n'existaient point encore.

Il avait des aspirations insensées vers la vie à grandes guides, — le high-life, — le tour du lac, — les chevaux de sang, — les grandes cocottes, — les

baccarats nerveux, — les folies à outrance, — les
paris, les duels et le reste...

En d'autres moments, il rêvait l'existence des
écrivains et des journalistes, existence qu'il se figu-
rait échevelée, joyeuse, bruyante, presque oisive,
émaillée de billets de banque conquis à la pointe
de la plume en une heure de travail amusant, semée
de soupers fins avec des actrices, et de rendez-vous
adultères avec des femmes du monde.

Lucien de Rubempré devenait alors son héros, —
il regardait autour du lui et cherchait dans la foule
le terrible abbé *Carlos Herrera*...

Puis, à ces mirages, d'autres mirages succédaient,
— plus sombres, mais non moins attractifs, — et
l'héritier du père Jobin aspirait à jouer le rôle d'une
sorte de *prince Rodolphe* au milieu de ces tragédies
inconnues, de ces mystères d'iniquité, d'angoisses
et de terreurs, que Paris cache dans ses bas-fonds.

Tout à ces rêves multicolores qu'il faisait les yeux
ouverts, Pamphile-Timothée Jobin doublait ses clas-
ses, il n'avançait pas, et ne prenait point le chemin
par lequel on arrive à cette robe d'avocat qui ren-
ferme, de notre temps, dans ses plis, tant d'emplois,
tant de dignités, tant de ministères, — y compris
celui de la guerre !

Il avait un peu plus de dix-huit ans quand son

père mourut des suites d'un refroidissement, laissant, outre sa boutique bien achalandée, une somme de cent soixante-dix mille francs en rentes sur l'État.

Le fonds d'épicerie fut vendu trente mille francs.

Jobin, émancipé par un conseil de famille composé d'indifférents, se trouva donc à la tête de dix mille livres de rente.

Cette fortune modeste était suffisante pour lui permettre de vivre heureux, au sein d'une tranquille obscurité, mais le jeune héritier ne vit dans ses billets de banque qu'un moyen de s'initier sans retard aux joies de toutes sortes dont ses livres chéris avaient fait scintiller sous ses yeux le tableau décevant.

Il prit aussitôt, dans un *quartier chic*, un petit entre-sol qu'il encombra de meubles du bon faiseur.

Il eut deux chevaux, — un valet de chambre, — un groom, — beaucoup d'amis et quelques maîtresses.

Nous ne surprendrons personne en disant qu'il se ruina, mais nous étonnerons les connaisseurs en ajoutant qu'il mit quatre années à consommer sa ruine.

Combien d'autres, à sa place, n'auraient fait qu'une bouchée de ces pauvres petits deux cent mille francs !

16

Quand les chevaux, les vrais amis et les folles maîtresses eurent disparu en même temps que le dernier coupon de rente, — Jobin vendit son mobilier, qui produisit un millier d'écus ;— il se réfugia dans une chambre d'hôtel garni, mal garnie, et se demanda pour la première fois comment et par quels moyens, désormais, il viendrait à bout de vivre.

— Parbleu ! — se répondit-il avec une admirable philosophie, — c'est bien simple et tout est pour le mieux ! — J'étais blasé sur les plaisirs de la vie à outrance...— Je vais connaître les joies de l'existence littéraire.— De nos jours le roman nourrit grassement son homme, et le théâtre le rend millionnaire ! — Fortune, influence et célébrité viennent en même temps...— Je vais écrire...

Il acheta, sans plus tarder, une rame de papier écolier, un demi-cent de plumes de fer, une bouteille d'encre, et se mit à l'œuvre.

Au bout de deux mois d'un travail de manœuvre, il avait noirci bon nombre de feuillets de beau papier blanc, et se flattait d'avoir produit un roman et un drame.

Le roman s'appelait : *Les Hirondelles du pont d'Arcole.*

La fine fleur des égoutiers parisiens y coudoyait

les duchesses dans une intrigue noire et corsée, où les coups de couteau, les empoisonnements, les infanticides et les substitutions d'enfants s'épanouissaient à chaque chapitre comme des roses mousseuses dans une villa d'Asnières ou de Chatou.

Le drame, d'un réalisme féroce, portait ce titre plein de promesses : *Le nouveau comte de Sainte-Hélène,* précédé d'un prologue non moins alléchant : *Le bagne de Brest.*

— Et maintenant, — se dit Jobin, armé de ses deux manuscrits,— avant six moix je serai célèbre.

Alors commença pour le malheureux l'effroyable existence du débutant qui veut placer sa prose et ne peut en venir à bout.

Le talent lui faisait défaut, nous devons en convenir.

Il n'avait ni l'invention puissante qui parfois fait oublier les imperfections de la forme, ni la forme séduisante qui souvent déguise la trop grande pauvreté du fond. — Il recouvrait d'un style incorrect et lourd un amas de réminiscences assez sottement agencées.— Bref, il méritait pleinement d'être mal accueilli ; mais on le condamnait sans jugement, — on l'excluait sans examen.—On ne l'avait pas lu, ce qui lui permettait, hélas ! de conserver ses illusions

sur sa propre valeur, et de se couronner lui-même
de l'auréole du génie méconnu.

Partout il obtint cette réponse, identique dans le
fond, et presque dans la forme, et différente seulement par le ton, tantôt poli, tantôt brutal, selon le
tempérament lymphatique ou bilioso-nerveux de
celui qui la lui faisait :

— Nos cartons sont pleins ! Nous avons de la
copie pour deux ans. — Nous n'examinons pas de
nouveaux manuscrits, et d'ailleurs nous ne publions
que des *noms faits*. — Voyez ailleurs, cher monsieur,
voyez ailleurs ! ! !

Ailleurs, c'était la même chose.

La drame subissait une destinée plus lamentable
encore.

Les portiers de théâtre, aussitôt qu'ils voyaient
apparaître Jobin avec un rouleau sous le bras, prenaient une physionomie farouche, toisaient l'intrus
de la tête aux pieds, et, tout en l'engageant à
déguerpir au plus vite, posaient sur un manche
à balai, ou sur quelque bâton de rideau égaré
dans un coin de la loge, une main presque mena-
çante.

L'auteur inédit rentrait le soir dans sa mansarde,
brisé de fatigue, découragé... et recommençait le
lendemain, avec un résultat identique.

Cependant les derniers écus provenant de la vente des meubles disparaissaient l'un après l'autre...

Quelques jours encore, et Jobin allait se trouver sans ressources... et sans espérance...

Une soudaine, mais décevante éclaircie se fit alors dans ce ciel si noir.

Le propriétaire d'un journal à un sou, — prétendu littéraire, — imprimé sur papier à sucre avec des têtes de clou, et illustré de vieux *bois* d'occasion sans aucun rapport avec le texte, fut séduit par le titre du roman : *Les hirondelles du pont d'Arcole,* — le lut, trouva suffisante la dose de crimes de toute nature dont chaque page était émaillée, consentit à le publier, et promit de le payer à raison de cinq centimes la ligne.

Vingt mille lignes à cinq centimes, cela faisait mille francs, — une fortune pour Jobin.

Seulement, le généreux Mécène refusa de faire une avance.

D'un autre côté, le directeur d'un théâtre de la banlieue, ayant encaissé quelques recettes avec un vieux drame, jadis célèbre : *Le comte de Sainte-Hélène,* se persuada qu'il obtiendrait un regain de succès en jouant l'œuvre du débutant, et la mit en répétition.

— Il faut un commencement à tout ! — pensa le

jeune homme, — journal et théâtre sont obscurs,
c'est vrai, mais qu'importe ? — si modestes que soient
mes débuts, ils suffiront pour affirmer que j'existe et
pour prouver ce que je vaux. — Mon plus grand tort,
mon seul tort, est d'être inconnu... Je ne le serai
plus demain...

Hélas ! il était écrit là-haut que Jobin ignorerait
toujours les ivresses du triomphe littéraire.

Le lendemain du jour où, corrigeant les épreuves
du prologue de son roman, il avait eu la joie de se
voir imprimé pour la première fois, le marchand de
papier réclama fort intempestivement le paiement
d'une facture arriérée, et ne l'obtenant pas, — (pour
de trop bonnes raisons), — refusa de livrer les quelques rames attendues pour le tirage...

Le journal à un sou mourut obscurément, —
comme il avait vécu.

Tous les espoirs de Jobin se concentrèrent sur son
drame.

Le nouveau comte de Sainte-Hélène fut joué, mais
ne vécut qu'un soir.

Le public de la banlieue, qui n'a jamais passé
cependant pour un juge bien sévère, se fâcha dès les
premières scènes, et l'unique représentation faillit
ne pas finir.

De mémoire d'homme, on n'avait entendu dans

une salle de spectacle tant de huées et tant de sifflets.

Le directeur, — un brave homme qui s'était pris de sympathie pour son auteur pendant les répétitions du malheureux drame, — le vit si pâle, si sombre, si désespéré, qu'il se sentit ému et qu'il entreprit de le remonter.

— Un peu de courage ! — lui dit-il. — personne n'est à l'abri de ce qui vous arrive... vous écrirez une autre pièce...

— Jamais !...

— Ah ! bah !... — on croit cela et l'on recommence... et la seconde fois on est plus heureux...

— Quand on le mérite, peut-être... — répliqua Jobin. — Moi, je ne le mériterais pas...— La leçon que je viens de recevoir est dure, mais elle est juste...— Je me suis trompé sur mon propre compte... — J'ai cru que j'avais du talent... je n'en ai point et n'en aurai jamais... — Je renonce...

— Avez-vous une profession ?

— Aucune.

— Un peu d'argent, au moins ?

— Dix francs.

— Diable... ce n'est pas lourd !... — Qu'allez-vous faire ?

— Une chose bien simple, cher monsieur... — Je vais acheter un pistolet d'occasion avec ces dix francs, rentrer chez moi, écrire trois lignes au commissaire de police de mon quartier, et dénouer d'une façon rapide et radicale le roman mal agencé de ma vie...

— Vous tuer !— s'écria le directeur en joignant les mains, — malheureux, y pensez-vous ? — si jeune !

— C'est justement parce que je suis jeune que j'y pense... — répliqua Jobin en souriant. — Incapable de gagner ma vie, j'ai trop longtemps à vivre ! Désarmé pour la lutte, et ne voulant devenir ni mendiant ni voleur, j'aime mieux en finir tout de suite...

— Essayez quelque chose...

— Quoi ?

— Engagez-vous ! ! — C'est un bel état que d'être soldat...

— Oui, dans la *Dame blanche ! !* Ah ! si l'on se battait, à la bonne heure... Mais, en temps de paix, je n'ai pas la vocation...

— Faites-vous acteur...

— Je serais mauvais...

— Rien n'est moins sûr...

— Et d'ailleurs, bon ou mauvais, qui m'engagerait ?

— Qui ?... moi, parbleu ! ! — Je ne vous paierais pas grassement, surtout pour commencer; les rece°

tes sont maigres, vous le savez bien, mais enfin,
avec soixante francs que je vous donnerais par mois,
on existe à peu près... on vivotte tant bien que
mal... — Je vous les offre, — acceptez-vous ?...

— Entre nous, j'en ai bien envie...

— N'hésitez pas et touchez là ! !

Jobin mit sa main dans la main du brave homme
qui l'arrachait littéralement à la mort, et, huit jours
après, il débutait sous un nom de fantaisie.

Il ne fut ni bon, ni mauvais.— Il fut terne. — L'o-
riginalité lui manquait absolument. — Il ne parve-
nait point, malgré tous ses efforts, à donner un
cachet tant soit peu individuel au personnage qu'il
représentait, quel qu'il fût...

Et cependant de quelle façon expliquer cette bizarrerie ? — Il possédait, au plus haut point, par une
sorte d'intuition, le grand art, l'art si difficile de *se
faire une tête*, — comme on dit au théâtre.

Il se grimait avec un talent dont Brasseur et Ber-
thelier auraient été jaloux. — Il modifiait sa physionomie d'une manière rapide et merveilleuse, et
parfois il s'amusait à copier si exactement le visage
de quelqu'un de ses camarades de la banlieue, qu'au
moment de son entrée en scène le public le prenait
pour celui dont il se faisait le Sosie.

Il ne s'en tenait pas là, et complétant ses imita-

tions avec une habileté digne d'Alexandre Michel et
des frères Lionnet, il reproduisait à s'y méprendre
la voix de ses camarades dont il avait déjà repro-
duit les visages.

C'étaient là ses seuls mérites. — Pour tout le
reste, nous le répétons, il ne dépassait point la
moyenne d'une honnête et consciencieuse médio-
crité.

Enfin, tel quel, il se rendait utile.

Doué d'une mémoire exceptionnelle, il apprenait
un rôle en le lisant deux fois, ce qui lui permettait
de remplacer, presque au pied levé, un artiste atteint
de la grippe ou d'un enrouement subit.

Les appointements mensuels avaient été portés
au chiffre de cent francs par la libéralité de son directeur. — Il végétait sans se plaindre du sort, —
ne regrettait pas trop ses splendeurs évanouies, —
et dévorait, comme autrefois, tous les livres qui lui
tombaient sous la main.

A cette époque, le *roman judiciaire* fit son entrée
dans la littérature, et l'on se souvient du succès qui
l'accueillit.

Le bon public, un peu blasé sur les simples intrigues d'amour, suivait avec un intérêt passionné les
péripéties savamment conduites des drames de
cour d'assises racontés par des plumes émouvantes.

Le héros naturel, le *Deus ex machinâ* de ces récits poignants où chaque ligne surexcitait la curiosité, était l'agent de police circulant d'un pas ferme
dans les obscurs méandres d'une trame mystérieuse
et serrée, —.démasquant le *criminel* malgré ses ruses les mieux ourdies, et sauvant l'*innocent* que de
fausses apparences enveloppaient dans un filet aux
mailles inextricables.

En somme, les gredins seuls exècrent la police.
Ils la calomnient parce qu'ils en ont peur. — Nous
parlons ici, bien entendu, de la police de notre
temps, et non point de celle qui se recrutait, jadis,
parmi les repris de justice.

Vidocq, cet adroit misérable, — Vautrin, ce génie du bagne que Balzac a peint plus grand que nature, — ne seraient plus possibles aujourd'hui.

Jobin s'enthousiasma pour les héros de la police
contemporaine, ces vivantes et palpables incarna-
tions de la Providence. — Il se dit qu'il n'existait
aucun rôle plus beau que celui de ces hommes, in-
telligents, courageux, dévoués, infatigables, consa-
crant des facultés de premier ordre à défendre la
cause de la justice et de la vérité, prenant toutes les
formes, bravant tous les périls.

Les côtés à la fois sublimes et romanesques de
ces existences pleines d'aventures tragiques et de

luttes terribles, le séduisirent irrésistiblement. — Il
crut découvrir en lui-même les aptitudes qui font
les premiers ténors du genre, et, sans hésiter (après
avoir réfléchi longuement), il alla trouver le chef
de la police de sûreté, — il lui exposa ses ambitions
et lui fit offre de ses services.

Une enquête fut ordonnée.

Elle démontra jusqu'à l'évidence que le passé de
Jobin était absolument pur de toute action douteuse,
et que le jeune homme, en ses folies, n'avait causé
de tort qu'à lui-même.

En conséquence il reçut l'autorisation de faire ses
preuves, et les premières affaires dont il s'occupa
lui permirent de déployer une vive intelligence qui,
jointe à un zèle soutenu et à une merveilleuse acti-
vité, lui concilièrent l'estime de ses chefs et les sympathies du parquet.

A la Préfecture où ses collègues, — nous savons
pourquoi — le désignaient généralement sous le so-
briquetde *Pince-nez*, on le regardait comme un
garçon capable et rempli d'avenir.

Bref, il avait trouvé sa voie, mais les lauriers de
l'illustre M. Lecocq troublaient son sommeil. — Il
appelait de tous ses vœux une affaire exeptionnelle,
une de ces affaires étranges, obscures, indéchiffra-
bles, où tout le monde fait fausse route excepté

l'agent, servi par son instinct et sa bonne étoile, et saisissant au milieu des ténèbres l'extrémité du fil conducteur.

Une telle affaire peut et doit, d'un seul coup, placer un homme au premier rang.

Tout en roulant vers la Belgique, Jobin se demandait si l'assassinat du baron Worms serait pour lui cette affaire-là ?...

Xavier de MONTÉPIN.

EN FRANCHE-COMTÉ

LA MONTAGNE (¹)

———

...Le terrain est revêtu d'une mousse fine et velou-
tée, parsemée de fraisiers, de petites campanules
bleues et jaunes et d'une quantité de ces jolies her-
bes lustrées, à trois feuilles arrondies qui ressemblent à des trèfles, et auxquelles les enfants donnent le nom de pain du coucou. Autour de cet
admirable tapis s'élèvent, comme des colonnes de
marbre, comme des monolythes gigantesques, les
hautes tiges des sapins ; leurs cimes pyramidales
montent jusqu'aux nuages ; leurs rameaux inférieurs
se joignent et s'entre-croisent comme les nervures
des églises. Les hommes ne peuvent construire un
temple d'un aspect si auguste.

A travers les petites pointes aiguës et les réseaux
de verdure des branches entremêlées, la lumière du
soleil tombe dans ce temple solennel, comme une
poudre d'or et de diamant. Le matin, les oiseaux y
gazouillent leurs chants d'amour ; le grillon et la

(¹) Extrait d'*Hélène et Suzanne.*

cigale s'y éveillent avec leurs cris joyeux ; le coucou
y répète, d'une voix grave et sonore, ses accents
prophétiques ; le papillon y voltige sur la fleur ra-
fraîchie par la rosée ; les petits scarabées qu'on
appelle les bêtes du bon Dieu y déploient leurs ailes
d'azur ou d'émeraude, et les touffes de thym, les violettes cachées sous l'herbe, les clématites suspen-
dues au tronc des arbres, les pommes de pin résineu-
ses, les bouquets d'aubépine, dilatés par les premiers
rayons du jour, s'ouvrent comme des encensoirs e
répandent dans les airs leurs suaves parfums. Le
soir, tout se tait, tout est endormi sous la feuillée.
Ces grands bois alors ressemblent à un mystérieux
sanctuaire où l'homme ne peut pénétrer sans être
saisi d'une crainte religieuse. Dans l'ombre qui les
enveloppe, la lune projette une lueur pâle comme
celle d'une lampe d'albâtre. Dans le silence de ces
voûtes profondes, on n'entend que la vibration des
cloches du village, qui annoncent l'heure de la prière,
ou le souffle du vent qui soupire, gémit et résonne
comme les orgues des grandes cathédrales.

Xavier MARMIER,
de l'Académie française.

———⊳✶⊲———

LA PRINCESSE AU RIRE DE MOUETTE

Vit-on jamais plus capricieuse personne que la princesse...?

Chaque hiver son salon était peuplé de figures si nouvelles qu'on se disait à l'oreille : — La princesse a donné son grand coup de balai.

Et, en effet, devant la cheminée où discutaient, l'année précédente, des diplomates et des hommes politiques, étaient assis maintenant de hauts fonctionnaires de l'Eglise, des dames de charité, de sévères douairières. La discussion sur les affaires européennes avait fait place à de religieuses conférences, à des loteries charitables, à de pieux bazars dans lesquels se vendaient des objets dont le prix était destiné aux pauvres. Alors la petite princesse (elle était de taille fort mignonne), habillée en demoiselle de magasin, souriait à tous les acheteurs avec un charme à faire pâlir de jalousie les grisettes blondes et brunes qui emplissent les magasins de modes de la rue Vivienne.

Une autre année, la petite princesse, ayant fait son salut par les œuvres de charité, remplaçait les gens d'Église par des académiciens. Même l'Académie des Inscriptions envoyait des représentants chez celle qui savait attirer par ses coquetteries les ours les plus mal léchés de la science.

N'est-ce pas un hommage considérable rendu à cette charmante et capricieuse personne que le distique suivant d'un géomètre, absolument étranger à toute poésie, et qui pourtant, touché par des charmes qui faisaient battre son vieux cœur, improvisait pour la princesse les deux vers suivants qu'il n'avait pas mis moins de huit jours à combiner :

Sur votre beau bras, je voudrais mettre
Un long baiser d'un demi-mètre.

Une femme qui inspire de tels vers à un géomètre, lancé dans d'ardus problèmes, peut tout ; aussi la petite princesse avait-elle une certaine influence dans les élections académiques, et lettrés, poètes et savants, qui briguaient d'entrer à l'Institut, regardaient comme une précieuse faveur d'être reçus dans ce salon si changeant.

L'année suivante, plus de pieuses conférences, plus d'intrigues académiques. Il fallait faire preuve d'idéologie pour être admis chez la princesse. C'était une bande d'utopistes qui pétrissaient la société à leur manière, réformaient les passions, préten-

17

daiént changer les forçats en saints Vincent de Paul, chantaient la quadrature du cercle, proposaient des parquets mobiles, où chaque danseur levait accomplir une mission utile pour l'humanité, c'est-à-dire broierait du blé en polkant.

Honnêtes rêveurs qui se croyaient positifs. Le salon était alors rempli de gros livres où étaient consignées les utopies de ces chercheurs, et l'imprudent qui eût parlé des nouvelles du jour eût été traité comme un être superficiel et choquant.

Un grand coup de balai débarrassait de ces excentriques la princesse, qui tout d'un coup s'enthousiasmait pour la comédie. On ne voyait plus alors que gens de théâtre, auteurs dramatiques franchir la porte de l'hôtel, et la saison se passait à répéter des proverbes sur la représentation desquels l'auteur comptait pour faire oublier Marivaux. Mais avril arrivait et la princesse s'envolait pour ne revenir que six mois après, escortée de mystiques, d'idéalistes, de magnétiseurs, de tourneurs de table et d'esprits frappeurs. Des ombres illustres étaient évoquées, qui poliment venaient prendre part à la conversation ; mais le décor changeait encore, et tous ces charlatans allaient chercher des dupes ailleurs.

Ainsi, tour à tour, on vit défiler dans ce bizarre salon des lettrés, des financiers, des peintres, des

gens de robe, d'illustres industriels, des gens d'épée,
des imbéciles et des sots, des gandins d'une mise
irréprochable et des savants à la chevelure emmêlée.

On eût pu appeler cette étrange personne la princesse Caprice : ses intimes l'avaient surnommée la
Mouette rieuse, car toujours elle riait, n'importe
quel sujet fût traité devant elle. Mais son rire était
singulier. C'étaient des *tio, tio, tio, tio* pleins de ra-
vissement. Quelquefois, elle paraissait écouter avec
une grande attention celui qui avait l'honneur de lui
parler, et ne lui répliquait que par un *tssii, tssii,
tssii, pipiktsouii,* non pas moqueur, mais qui semblait montrer qu'elle avait compris.

Dans les rapports habituels de la vie, la petite
princesse répondait à tort et à travers comme si elle
avait à peine entendu ; mais on lui pardonnait à
cause des fantaisies qui emplissaient son esprit. Et
il était plus curieux de l'entendre babiller comme un
oiseau que d'entamer avec elle une conversation
suivie, car, par parti pris sans doute, tout compli-
ment elle le recevait avec un *lu, lu, lu, li, li, li, li,*
terminé par une sorte de fusée joyeuse *tzzzzzzzzzzitzt*
et ce système de défense, inconnu jusqu'alors, avait
effarouché nombre de soupirants.

Aussi ne s'étonnera-t-on pas de la réputation parisienne attachée à cette femme inexplicable. On se

demandait : — A-t-elle de l'esprit ? Et ceux qui l'é-
tudiaient de près n'avaient recueilli que le *tio, tio,
tio, tio, tio* étrange qui se faisait entendre d'un bout
à l'autre du salon. Quelqu'un prenait-il à part la petite princesse, elle le regardait d'un regard bleu
profond qui entr'ouvait un coin du ciel, et chacun
subissait ce regard hardi et timide à la fois, doux
comme celui d'une jeune fille, qui pourtant semblait
renfermer quelque vague inquiétude.

La petite princesse lassa jusqu'à la curiosité des
chroniqueurs, qui se rejetaient forcément sur ses
élégantes toilettes, ne pouvant découvrir le secret
d'une femme qui allait contre toute étiquette. Avec
ses yeux de naïade inquiète, sans cesse la princesse
était à l'affût d'étrangeté, et l'anecdote fit grand bruit
d'un vieux légiste de l'École de droit qu'elle enleva
comme par enchantement un soir qu'il traversait le
Pont des Arts pour l'introduire, dans ses habits noirs
fatigués, à un dîner de l'hôtel Chanaleilles, où il fit
une étrange figure.

Le juriste avait été un des invités de la princesse,
trois ans auparavant, à une époque où l'on ne traitait
dans son salon que d'histoire de droit et d'économie
politique. Craignant de s'ennuyer un quart d'heure,
la petite princesse fit monter le vieux professeur
dans sa voiture pour le transporter au milieu de la

société la plus aristocratique du faubourg Saint-Germain, et on pense quelle surprise produisit l'entrée inattendue d'un légiste, heureusement fort célèbre, mais que la princesse présentait étrangement en faisant suivre son nom de son rire particulier : *dlo, dlo, dlo, dlo, dlo, dlo, dlo, tiou !*

Etait-ce mystification, coquetterie? La petite princesse prenait-elle plaisir à jouir en même temps de l'étonnement de ses hôtes et de son cavalier? Se donnait-elle la comédie de voir entrer un vieux Franc-Comtois, qui sortait rarement de son cabinet, dans un salon du noble faubourg? S'amusait-elle de l'air sévère que prendraient de vieilles duchesses à cheval sur leurs quartiers de noblesse?

Reine par la beauté, la princesse avait décidé que chacun la reconnaîtrait pour souveraine, et mille actes compromettants pour toute autre femme ne pouvaient effleurer sa réputation. Pendant un été, elle traîna enchaîné à son char un poète élégiaque auquel elle adjoignit bientôt un Marocain dont les Français venaient de s'emparer en Algérie, et ce fut un singulier attelage que celui d'un poète lymphatique et d'un moricaud qu'elle menait aux Tuileries, aux eaux, jusqu'à ce qu'elle les remplaçât par des cavaliers plus divertissants.

La fantasque princesse, qui semblait arrivée des

pays enchantés, commandait à la vie plate et régulière de se changer en imprévues surprises, et tous
les êtres en habit noir, las eux-mêmes d'une existence monotone, favorisaient ses caprices, s'en donnant le régal en même temps.

La princesse était musicienne ; mais elle ne fati-
guait pas de sa musique les oreilles de ses invités.
Assise au piano, elle devenait particulièrement
étrange, quand les mains sur le clavier, jouant quelque sonate pathétique de Beethoven, elle se retournait brusquement tout à coup vers ses auditeurs
pour se laisser aller à son rire de mouette. Certai-
ment elle n'était pas émue et ne s'associait guère
aux tourmentes du grand musicien passionné.
Quoique le jeu de la princesse fût correct, chacun
sentait qu'elle n'avait pas un vif sentiment musical.
Il en était du piano comme de la comédie où la
princesse apportait quelque chose de mécanique et
d'artificiel qui faisait penser aux automates idéals
du conteur Hoffmann.

On eût dit qu'un ressort caché donnait une ani-
mation factice à ses gestes, et les admirateurs de la
petite princesse, quand elle jouait la comédie,
avaient hâte que le rideau fût baissé pour s'assurer
qu'elle n'était pas une admirable poupée construite
par un inventeur ingénieux ; mais cette impression

cessait quand la souriante personne reparaissant enlevait les cœurs de tous par un seul de ses regards nacrés. Et chacun se regardait comme le jouet d'une vision pour avoir pensé que cette créature idéale pût être quelque surprise à ressorts.

Naturellement les femmes jalousaient la princesse qui avait sur elles tant d'avantages. Ayant réuni dans ses salons des gens de natures si diverses, elle conquit de chauds admirateurs dans chaque classe, et il se trouvait partout des voix pour la défendre. D'ailleurs, sa réputation était couverte par un mari humble, une *utilité*, personnage muet, qui recevait les invités à leur entrée, et disparaissait, ses devoirs de maître de maison accomplis.

Les toilettes de la petite princesse appartenaient à elle seule: aucune femme n'eût pu arriver à ses singulières harmonies toujours élégantes. Par ses charmes extérieurs, le philosophe Maupertuis l'eût prise pour type de sa Vénus physique. Petite, fine, souple, la princesse se plaisait à jouer habituellement une comédie antique où la poitrine, à peine voilée par un filet à mailles indiscrètes, eût certainement troublé les regards si une épaisse chevelure flottant jusqu'aux genoux n'en eût dérobé par instant les contours harmonieux. Et pourtant le monde parisien, si expert dans la connaissance de

l'art de frelater la beauté, n'avait rien pu trouver que
d'irréprochable dans les charmes extérieurs d'une
femme dont on ne savait pas l'âge. La petite princesse avait-elle vingt ou trente ans ? Légère comme
un enfant, capricieuse comme un oiseau, elle n'avait
pas changé depuis quinze hivers bientôt qu'elle
tenait le monde élégant en alerte.

Depuis quinze ans déjà, cette fée ravissait les
yeux de tout Paris, au bois, à l'Opéra, dans les salons, et toute la gent artistique l'avait célébrée en
vers et en prose, en marbre et en bronze. Une coquette en eût perdu l'esprit. La petite princesse accueillait les plus humbles hommages, et son sourire, qu'elle prodiguait à tous, ne perdait pas de son
charme. Elle médisait rarement des autres femmes,
opposant à des méchancetés qu'elle n'ignorait pas
une indifférence vraiment souveraine ; et toujours
son rire de mouette se faisait entendre comme un
grelot argentin qu'elle agitait pour dissiper les
monotones brouillards de la vie.

II

Un événement survint, qui cependant fit connaître certaines particularités que cachait avec soin la
petite princesse.

Pendant l'hiver de 185., elle ne manqua pas une

représentation des Italiens. Chacun s'en étonna,
connaissant son peu d'enthousiasme pour la musique : les chroniqueurs qui remplissent de leurs
caquets les gazettes de l'étranger, et qui parlent
volontiers des gens titrés comme s'ils vivaient dans
leur intimité, insinuèrent qu'un nouveau ténor avait
attendri le cœur de la princesse. C'est là le procédé
vulgaire d'un certain journalisme, où s'enfantent
des commérages pareils à ceux qu'on entend dans
la loge d'un portier.

Le ténor qui débutait cette année n'avait pour
tout bagage qu'une voix sans culture. Attribuer à
la petite princesse une ombre de caprice pour un
chanteur dépassait le but ; car si elle avait reçu
quelquefois des comédiens chez elle, c'était pour
remplir des rôles qu'aucun homme de son cercle
n'osait aborder, et un billet de cinq cents francs,
qui était le cachet habituel du comédien, dispen-
sait la fée de toute reconnaissance.

Un motif devait attirer pourtant la princesse aux
Italiens, où, contre les lois de l'étiquette, elle arrivait avant que le rideau fût levé. Les habitués se
mirent à l'affût de ces mystérieux croisements de
regards, qui, malgré leur soudaineté, ne parviennent guère à garder un secret. Les yeux de la
princesse n'avaient rien de particulièrement mé-

lancolique, et certainement la passion ne les troublait pas : ils paraissaient s'intéresser surtout au manége de l'orchestre, à la pantomime des archets maniés par des mains habiles, grimpant et descendant sur les cordes des violons avec d'alertes prestesses.

Ce qui occupait la princesse, personne ne le devina. Était-ce l'armée d'instruments qui grondent, babillent, tonnent, s'arrêtent, reprennent leur course, posent une note timide comme l'oiseau sur le sable, fuient, chantent tour à tour le plaisir, la douleur, la tristesse de l'âme, la sensualité de la chair, vibrent glorieusement dans leurs pavillons de cuivre, marchent isolés, se réunissent en groupe et font succéder des accents célestes à des chants de guerre tumultueux ?

La petite princesse voulait-elle se rendre compte des subtilités des violons aussi capricieux qu'elle, du mordant des contre-basses, de la voix grave des altos ? Les accents mélancoliques qui s'échappent de la poitrine des violoncelles lui faisaient-ils éprouver des vibrations particulières ? S'intéressait-elle aux unissons de flûtes, de cors, de hautbois et de clarinettes, qui vivent en si parfaite intelligence ? Frissonnait-elle aux ensembles éclatants d'un maître dont la fortune était grande alors, et qui, avec des

cris passionnés, n'échappait pas toujours à la vulgarité ?

Ces contemplations prolongées dans l'orchestre
amenèrent des commentaires sans nombre que l'on
se garda bien de soumettre à la princesse, car elle
y eût certainement répondu par son rire de mouette
déconcertant.

Les musiciens qui peuplent les orchestres de
théâtre ont autre chose en tête que les partitions
que, par métier, ils sont condamnés à jouer une
centaine de fois. Pour se distraire, les uns lisent
des romans, les autres crayonnent ; les plus pauvres copient de la musique ; ceux-ci sont en quête
d'inventions pour mystifier leurs camarades ; ceux-
là, la lorgnette en main, se croient le public, et
sont au courant des habitudes du public aristocratique et musical des Italiens.

La petite princesse fut observée principalement
par un homme à qui sa position dans l'orchestre
donnait de nombreux loisirs.

Quoiqu'il s'agisse de descendre au dernier degré
de l'échelle musicale, et que le conteur s'attende à
être taxé de vulgarité, il en prend résolûment son
parti, ayant par devers lui des preuves positives
qu'il garde comme témoignage que la bizarrerie
cherchée n'est pas le motif du présent récit.

L'être qui a le plus de loisirs dans l'orchestre est la grosse caisse. Les compositeurs modernes ont un peu secoué son apathie naturelle ; mais il n'en reste pas moins à la grosse caisse d'heureux moments de farniente. Sous une apparence matérielle et détachée des plaisirs mondains, le musicien cachait de vives curiosités qui furent éveillées par l'attention profonde que la petite princesse apportait à regarder l'orchestre.

Ce bonhomme, accomplissant ses fonctions avec la régularité d'un teneur de livres, pouvait se livrer à sa curiosité naturelle pendant les nombreux *tacet* de sa partition. S'étant assuré que les regards de la princesse ne se portaient ni sur le public, ni sur la scène, ni sur les instruments à vent, ni sur les instruments à cordes, il fut longtemps à s'avouer la vérité.

La princesse ne le quittait pas des yeux !

Étrange aventure qui certainement n'était arrivée jusque-là à aucune grosse caisse.

L'homme refusa d'y croire. Il avait trop conscience de l'infériorité de sa position dans l'orchestre. Ah ! s'il se fût agi du chef d'attaque des violons, qu'y eût-il d'étonnant à ce qu'une femme l'eût remarqué ? C'était un joli garçon, jeune, élancé, aux mains fines, reliées aux bras par des attaches souples et élégantes. L'instrument, fixé à la poitrine par un menton d'un joli dessin, ne cachait qu'à demi un col élégant, dont la blancheur était rehaussée par la sombre couleur de l'instrument. Et comme l'art ne devait pas tarder à en faire un de ses plus fidèles servants, la passion animait son archet et rendait par de belles phrases les accents pathétiques des maîtres.

D'abord la grosse caisse avait cru que les regards de la princesse s'adressaient au jeune artiste, et il n'en fut pas envieux. Le talent attire la beauté et le violoniste était digne d'être distingué par une femme enthousiaste ; la grosse caisse n'en eût pas témoigné de jalousie. Il est d'humbles et rares natures qui, se jugeant avec trop de modestie, appellent sur les autres des faveurs dont elles ne se croient pas dignes. L'homme en question applaudissait à l'enlèvement du violoniste par la princesse ; il souriait de lui voir aplanir des difficultés matérielles qui trop souvent arrêtent l'essor d'un artiste perdu dans un orchestre, et il hésita quelque temps à prévenir de son heureuse étoile le violon qui, tournant le dos à la loge où était accoudée la princesse, n'avait pu voir le manége de ses regards.

Mais il était certain que la princesse ne témoignait aucun intérêt au violoniste : tous ses regards étaient

concentrés, il n'y avait pas à s'y méprendre, dans
le coin de droite où seul, avec un petit timbalier, la
grosse caisse faisait loyalement sa partie.

Quelle aventure pour un homme qui, depuis dix
ans de service aux Italiens, n'avait jamais entendu
un mot d'encouragement! Ses camarades se félici-
taient mutuellement sur un passage bien rendu, un
train, un bel arpége, un solo; mais les seules paroles que recueillait le musicien étaient des exclama-
tions méprisantes des habitués de l'orchestre qui,
se trouvant trop près de lui, s'écriaient sans craindre de blesser son amour-propre: — Cette grosse
caisse est vraiment insupportable.

S'il n'avait pas obéi au coup d'archet du chef
d'orchestre, quel esclandre ! On l'eût traité comme
le dernier des machinistes. Il remplissait son devoir
très-scrupuleusement; jamais on ne parut remarquer sa ponctualité.

Le modeste musicien voulut douter des regards
de la princesse, se regarda dans le miroir de sa
pauvre mansarde, et se dit qu'aucune bonne fortune
semblable n'était arrivée à ces grosses caisses
méprisées, dont il n'est fait mention dans nulle biographie musicale ; et il en conclut qu'une hallucination s'était emparée de ses yeux, qui lui faisait croire
qu'une grande dame s'intéressait à son mérite.

Pourtant, la princesse le regardait avec des yeux pleins de tendresse, et, quand il saisissait son tampon, il recueillait les sourires enflammés de la fée.

Bien des fois le pauvre homme s'en alla la tête basse, rêvant à ce mystère. Sa tête s'égarait à chercher les raisons qui lui valaient des regards à le faire pâmer. Désespérant de trouver en lui des éclaircissements, le musicien résolut de s'en ouvrir au seul camarade qu'il eût dans l'orchestre, une contre-basse, homme grave et sérieux. Se défiant de ses visions, la grosse caisse voulait mettre deux yeux prudents aux aguets, afin de connaître s'il n'était pas victime d'une illusion. L'ami, honnête père de famille, également en dehors des intrigues de théâtre, reçut, non sans stupéfaction, cette confidence, et conseilla à son camarade de se tourner du côté de la scène pour échapper à des regards si dangereux, au cas où ils auraient quelque fondement ; mais, dès le même soir, la contre-basse reconnut que le musicien ne s'était pas trompé.

Attentive, la tête penchée vers l'orchestre, la princesse suivait d'un œil enthousiaste chaque mouvement de la grosse caisse, et son visage s'illuminait étrangement quand l'homme prenait son tampon. Il sembla même à la contre-basse que par un mouvement simultané la princesse agita le bras en même emps que frappait le *pan* retentissant, et une sorte d'extase parut sur les traits de la fée, comme si ce fût elle-même qui eût donné un coup suprême sur la peau de l'instrument.

Un duo d'amour ayant succédé qui commandait à la grosse caisse de rentrer dans le silence, le sourire disparut des lèvres de la princesse désenchantée et le soir les deux musiciens s'en allèrent épiloguant sur cette singularité; mais le calme était sorti de l'esprit de la pauvre grosse caisse.

Qu'on se représente un homme de quarante-quatre ans, d'un extérieur médiocre, sans prétentions, n'ayant jamais eu de bonnes fortunes, qui se trouve sous le coup des regards assidus d'une femme à la mode, jeune, riche, dont l'arrivée au balcon produit une vive sensation dans la salle! Plus les œillades redoublaient, plus le pauvre homme se sentait intimidé.

L'honnête musicien cherchait ce qui avait pu séduire une grande dame, et ne trouvait pas dans son extérieur matière à pareil caprice; mais son cœur n'en était pas moins caressé par de douces chaleurs, et maintenant c'était avec une joie ineffable qu'il entrait dans l'orchestre par la petite porte noire du dessous du théâtre, qui prenait la teinte d'un paradis. Ses sens avaient acquis des perceptions parti-

culières : il entendait les pas de la princesse sur le
tapis du corridor avant qu'elle fût entrée au balcon ; il sentait son bouquet de fleurs entre tous les
bouquets de la salle, et lui, qui frappait d'habitude la
peau de son instrument avec une sérénité olym-
pienne, n'arrivait plus devant son pupître que plein
d'émotion, craignant de commettre quelque faute.
Ses pauses, il avait besoin de les compter aujour-
d'hui ; car tant de jolies pensées se jouaient dans
son esprit qu'il ne suivait plus le drame de la scène,
et, comme l'amour est une sorte d'hallucination,
l'homme tremblait de frapper à contre-mesure ou
de commettre une de ces queues honteuses qui
déshonorent un musicien.

Toute la salle disparaissait maintenant : le lustre,
le public des loges, le chef d'orchestre, jusqu'au
timbalier placé à ses côtés. Une seule personne
était visible, la petite princesse, que le musicien
entrevoyait dans un élysée féerique, plus adorable
encore qu'elle ne l'était en réalité. Quant à lui, il
doutait s'il vivait, s'il voyait, s'il entendait, et il
marchait dans une sorte d'atmosphère impalpable.
Cependant la contre-basse l'emmenait tous les soirs
et lui tenait de raisonnables discours sentant bien
que l'homme nageait dans le bleu et perdait de vue
la terre ferme. En ami dévoué, le brave musicien

18

écoutait les folies de la grosse caisse, qui, après tant de muettes extases, avait besoin d'un cœur pour s'épancher.

Un jour, pourtant, l'amoureux disparut tout à coup. S'élançant dans le dessous du théâtre, sans rien dire de son projet, il s'enfuit pour attendre la princesse à sa sortie ; après avoir écarté laquais et curieux qui encombrent le péristyle, il arriva au moment où la fée, suivie de deux grands valets qui la protégeaient contre la foule, s'enveloppait de fourrures, et il sembla au pauvre musicien qu'il avait été vu et qu'un sourire d'adieu accueillait son audace.

L'homme rentra chez lui sous le coup d'émotions nouvelles : remarqué par la princesse, il n'avait pas reçu un de ces regards méprisants auxquels il s'attendait. Ce furent encore de nouvelles confidences à la contre-basse qui les accueillit d'un air soucieux. Ce musicien était plein de bon sens. L'habitude de marquer la mesure et d'élever autour des instruments capricieux une sorte de muraille impossible à franchir avait communiqué à tous les actes de sa vie une précision dont il ne se départait jamais. Il fit entendre à la grosse caisse que ces entrevues, dangereuses pour son repos, devaient rester sans résultats ; et l'amoureux baissait la tête, sentant que son camarade avait raison.

Uu nouvel incident advint, qui troubla pourtant la sage contre-basse.

Un soir, la princesse ne parut pas au balcon à l'heure accoutumée, et déjà la pâleur couvrait la figure inquiète de la grosse caisse, lorsqu'une odeur particulière et troublante le fit détourner subitement, en même temps que grinçait la porte d'une loge de rez-de-chaussée d'avant-scène.

La petite princesse venait de s'installer à deux pas de lui !

Une flamme subite embrasa la poitrine du pauvre homme, qui s'appuya sur son instrument, car il craignait de tomber. Ses tempes battaient, son cœur bondissait, un courant électrique faisait bouillonner son sang et l'anéantissait de bonheur ; phénomènes si visibles que la contre-basse s'en aperçut.

— Qu'as-tu ? dit-il à son camarade, qui venait de s'asseoir, quand il eût dû se tenir debout pour le début d'une marche héroïque. Tu te trouves mal ?

— Ah ! trop bien ! murmura l'homme avec un clin d'œil significatif, pour faire comprendre la situation à son ami.

L'honnête père de famille fut pris lui-même d'un certain vertige. Dans la petite loge du rez-de-chaussée, la princesse, souriante, était là si près des musiciens, qu'elle eût pu toucher la crosse enroulée d'une contre-basse reposant dans son collier de fer, qu'on n'employait que dans de rares occasions.

— Sois prudent, dit à demi-voix la contre-basse à l'amoureux.

Mais son cœur était trop plein d'ivresse. Accablé sous le poids de son bonheur, la grosse caisse commit une légère faute musicale, et ce furent des éclairs que lui lança le chef d'orchestre, qui le menaça de son archet comme d'une cravache.

En ce moment, la grosse caisse eût étranglé son supérieur. Il était déshonoré publiquement aux yeux de celle qu'il adorait, de celle qui s'était rapprochée de lui !

Les veines du musicien se gonflèrent, et à un puissant *tutti*, ou une note admirablement trouvée par le compositeur rendait un lyrique enthousiasme, l'homme, voulant faire oublier par son zèle la faute qu'intérieurement il se reprochait, lança un coup si formidable que la peau tendue creva avec un immense déchirement.

— *Tsii, tsii, tsii, kouorror, tiou, pipitksouii*, fit la petite princesse, qui sortit de sa loge comme un médecin de la maison d'un mort.

III

L'aventure circula dans l'orchestre après le départ de la grosse caisse, qui reçut son congé, et ce mystère fût resté sans éclaircissements, si la contre-basse n'en eût plus tard donné la clé.

D'humeur voyageuse, le musicien s'engageait volontiers, l'été, pour des concerts à l'étranger. Le hasard l'amena à Roquebrune, où il retrouva la petite princesse, qui, chaque année, passait six mois dans une propriété qui lui appartenait. Là, recommençaient les fêtes parisiennes, les bals, les spectacles, dont un journal rédigé par la princesse et ses amis, rendait compte spécialement. Cette femme capricieuse se piquait de littérature, et, en effet, on connaît d'elle des morceaux écrits avec une certaine finesse, comme le prouve le fragment suivant :

« Dans un orchestre, je l'avoue, c'est la grosse caisse qui m'occupe le plus. J'y trouve l'intervention imprévue, le dieu de la machine qui se manifeste dans les grandes circonstances. Le reste de l'orchestre se livre à une course désordonnée et sans arrêt, ce ne sont que trilles, fugues, trémolos ; mais, au moment solennel, la grosse caisse élève la voix à son tour ! Quelle force! quelle majesté ! quel

effet ! Pendant que les autres instruments cou
rent, se heurtent et font tapage comme les souris en
l'absence du chat, il attend avec dignité, il compte !
Il se dit : Quinze ! Attention !... Seize ! Allez toujours, pauvres musiciens !... Dix-sept ! C'est bientôt
mon tour !... Dix-huit ! Nous allons rire tout à
l'heure !... Dix-neuf ! Voilà un violon qui joue
faux !... Vingt !... Boum ! »

Du drame des Italiens il n'était pas question. Ce
cœur brisé, qui avait fait explosion avec l'instrument, la petite princesse ne paraissait pas l'avoir
remarqué.

Et comme un dilettante s'étonnait de l'enthousiasme d'une femme pour un instrument si
bruyant :

— Ignorez-vous, lui dit un des intimes de la princesse, qu'elle est sourde ?

CHAMPFLEURY.

WILFRID

—

« Allons çà, mon joli coursier,
» Nous allons faire ta conquête, »
Disait Wilfrid, « lève la tête :
» C'est moi qui suis ton cavalier !
» Toi qui, dans la dernière lice,
» As jeté bas trois écuyers,
» Sache si dans ses étriers
» Wilfrid est emprunté, novice. »

Docile à cette voix, l'agile destrier
Fendait l'air, agitait son épaisse crinière
Et de ses pieds à peine effleurait la poussière,
Emportant avec lui son jeune cavalier.

« Si tu vois cet horizon pâle
» Où, quand ce monde-ci s'endort,
» Le soleil, magnifique opale,
» Change par l'Océan de bord,
» Tu connais comme moi ta route,
» Va, semblable à l'âme de ceux
» Qui, sur des avis lumineux,
» Quittent au vol tristesse et doute. »

Docile à cette voix, l'agile destrier
Fendait l'air, agitait son épaisse crinière
Et de ses pieds à peine effleurait la poussière,
Emportant avec lui son jeune cavalier.

« Droit à ces manants, vers la ville
» Rentrant en foulé et pas à pas,
» Pousse, d'abord, n'hésite pas.
» Montre à cette troupe incivile,
» Qui répond mal à tant d'honneur,
» Qu'il faut place à celui qui mène
» Le fils de leur maître et seigneur
» Jusqu'à la montagne prochaine. »

Docile à cette voix, l'agile destrier
Fendait l'air, agitait son épaisse crinière
Et de ses pieds à peine effleurait la poussière,
Emportant avec lui son jeune cavalier.

« Laissons dans les bas-fonds notre ombre,
» Où tout long séjour est amer :
» La plaine est à mes yeux trop sombre.
» J'ai besoin de hauteur et d'air.
» Mon âme ne vivra plus veuve
» En ces monts libres, fortunés,
» Des plaisirs qu'elle a devinés :
» Ta litière y sera plus neuve. »

Docile à cette voix, l'agile destrier
Fendait l'air, agitait son épaisse crinière
Et de ses pieds à peine effleurait la poussière,
Emportant avec lui son jeune cavalier.

« Plus vite encor, mon intrépide,
» Et je te fais don au retour
» D'une soyeuse et riche bride,
» D'une selle brodée à jour.
» Qu'est-ce pour toi brûler l'espace ?
» Il faut qu'aux regards des vilains,

» Comme un rêve, par les chemins,
» Ta forme avec la mienne passe ! »

Docile à cette voix, l'agile destrier
Fendait l'air, agitait son épaisse crinière
Et de ses pieds à peine effleurait la poussière,
Emportant avec lui son jeune cavalier.

« A la bonne heure, ami ! Le charme
» De devenir ombre ici-bas
» Fait quitter le réel sans larme.
» Esprits, ne m'attendiez-vous pas ?
» En vain la nuit tombe et m'assiége :
» Le monde idéal, en ce jour,
» M'émancipe avec son amour,
» Qui de lumière est un cortége. »

Docile à cette voix, l'agile destrier
Fendait l'air, agitait son épaisse crinière
Et de ses pieds à peine effleurait la poussière,
Emportant avec lui son jeune cavalier.

« Dans ce monde où tout va si vite,
» Vous, esprits, vous savez comment
» Il faut que notre cœur évite
» L'inconstance et le mouvement.
» Si notre monture est vaillante,
» Nous ne pouvons, chétifs humains,
» Qu'errer au hasard des chemins,
» Comme ici, la bride flottante ! »

Docile à cette voix, l'agile destrier
Fendait l'air, agitait son épaisse crinière

Et de ses pieds à peine effleurait la poussière,
Emportant avec lui son jeune cavalier.

Or c'est la nuit, et Wilfrid erre
Du bois plein de sentiers diffus
A la côte où croît la bruyère.
Le coursier, qu'il ne guide plus,
D'écume a le poitrail en nage ;
Soudain, dans son élan fougueux,
Il s'arrête ! Un volcan poudreux
Autour de lui roule un nuage.

N'entendant plus de voix, l'agile destrier
Fendait l'air, agitait son épaisse crinière
Et de ses pieds à peine effleurait la poussière,
Retournant au logis sans jeune cavalier.

FIN DU TOME SECOND ET DERNIER

TABLE DES MATIÈRES

CONTENUES DANS LE TOME SECOND

FIN DE LA TABLE DU TOME SECOND ET DERNIER

MONTPELLIER. — IMPRIMERIE FIRMIN ET CABIROU FRÈRES

CHEZ LE MÊME ÉDITEUR

La Revanche du Mari, par Georges Vautier, un vol.
grand in-18. . . . . 3 fr.

Le Salon des Refusés, par le même, 1 vol. grand in-18. 3 fr.

Les Remords du Docteur, par le même, 1 vol. grand
in-18. . . . . 3 fr.

La Marraine. — Le Petit vieux. — Le Mari de Suzanne,
par le même, 3ᵉ édit. 1 vol. grand in-18. . . . . . . 3 fr.

La Vie en Casque, carnet intime d'un officier, par
Ernest Billaudel, 4ᵉ édit. 1 vol. grand in-18. . . . 3,50

Les Noces vermeilles, par le même, 1 vol. grand in-18. 3 fr.

La Conspiration de Salcède, par le même, 1 vol. grand
in-18. . . . . 3 fr.

Le Somnambule, par William Minturn, 1 vol. grand
in-18. . . . . 3 fr.

Mademoiselle Besson, par Eugène Giraud, 1 vol. gr.
in-18. . . . . 3 fr.

La Fille de son Père, roman américain, par Marie
Howland, traduit par M. M... 1 vol. grand in-18 . . 3,50

Le Roman de la Femme chrétienne, par Draigu, 1 vol.
grand in-18. 3,50

MONTPELLIER. — FIRMIN ET CABIROU FRÈRES

www.ingramcontent.com/pod-product-compliance
Lightning Source LLC
Chambersburg PA
CBHW071908020726
47502CB00003B/934